野蛮的疯狂天使系列 5

天使的飘浮之舞

Engel tanzen bis sie schweben

[奥] 托马斯·布热齐纳（Thomas C. Brezina）/ 著　李晓旸 / 译

WILDE WAHNSINNSENGEL

中信出版社 · CHINACITICPRESS · 北京 ·

图书在版编目（CIP）数据

天使的飘浮之舞 /（奥）布热齐纳著；李晓旸译. —北京：中信出版社，2013.1
（野蛮的疯狂天使）
书名原文：Engel tanzen bis sie schweben
ISBN 978–7–5086–3755–6
I. ①天… II. ①布… ②蔡… III. ①长篇小说－奥地利－现代 IV. ①I521.45
中国版本图书馆CIP数据核字（2012）第289167号

Title of the original German edition:
Wilde Wahnsinnsengel：Engel tanzen bis sie schweben
Written by Thomas C. Brezina

www.schneiderbuch.de.
www.thomasbrezina.com

天使的飘浮之舞

著　　者：[奥] 托马斯 · 布热齐纳
译　　者：李晓旸
策划推广：中信出版社（China CITIC Press）
出版发行：中信出版集团股份有限公司
（北京市朝阳区惠新东街甲4号富盛大厦2座　邮编　100029）
（CITIC Publishing Group）
承 印 者：北京诚信伟业印刷有限公司

开　　本：787mm × 1092mm　1/32　　印　　张：7　　字　　数：100千字
版　　次：2013年1月第1版　　印　　次：2013年1月第1次印刷
京权图字：01–2012–1071　　广告经营许可证：京朝工商广字第8087号
书　　号：ISBN 978–7–5086–3755–6 / I · 348
定　　价：19.80元

服务热线：010–84849555　　服务传真：010–84849000
投稿邮箱：author@citicpub.com

目录

主要人物表

VICKY CASSADY 维姬·卡萨迪

本名维多利亚，13 岁，是个瘦瘦的、阳光可爱的小姑娘。有一头蓬乱的深色头发。喜欢在淋浴的时候哼唱圣诞歌曲，不爱穿裙子——因为不方便骑车。是个值得信赖的好伙伴。

由于自己的单亲妈妈平时很忙，她得承担照顾妹妹莎莉的重任——小妹妹虽说可爱，却也累人。这让她说话行事比实际年龄更加成熟。她头脑灵活，点子颇多，从来没有被什么问题难倒。

但是，当神秘的天使踏入她的生活，捕获了她的芳心，她的聪明脑瓜也快到了运转的极限……

Gloria Tenner 格罗丽亚 · 特内

一头金发，身材苗条，是个非常漂亮的女孩。喜欢化妆，随身携带一枚小镜子，以便每天检查自己的妆容是否完美。房间里摆着各式各样的化妆品。房间的基调是粉红色——她童年时代最喜欢的颜色。屋里还有一个大大的独角兽毛绒玩具。

住在大别墅里，要什么有什么：一大堆漂亮衣服，最新款的手机和电脑。可她更想要的是：爸妈别总是吵架。她讨厌任何形式的争执，渴望和谐。

有时候有点小笨，喜欢聪明的男生。要是男生谈论有技术含量的东西，比如火箭推进器的燃料什么的，她就会情不自禁对那个人心生好感。正因为这样她才会迷恋上麦克。

Nessa 妮莎

全名叫瓦妮莎。千万别拿她开玩笑。她不爱交际，也没什么顺心的事，小胖子一个，关于这点，她倒是曾经自己拿自己打趣：一般的自行车座位根本不适合她的河马臀。

头发染得乌黑，画着黑黑的眼线，看起来总有点阴郁。要是她老妈逼她节食，给她准备胡萝卜大餐，她的脾气会变得比平时更坏。

但是，在她坚强的外表之下，隐藏着一颗柔软、脆弱的内心。她十分珍视与格罗丽亚和维姬的友谊，要求百分之百的坦白和忠诚。要是让她失望，她就会把不满一股脑儿倒出来。

Sally 萨莉

维姬的妹妹，还在上幼儿园。一头小麦色的卷发，是个活泼好动的小姑娘。从她的小嘴里经常说出一些让大人难为情的话，例如曾经在其他家长面前唱过关于“亲热接吻”的歌，管爸爸的新任妻子叫“女巫”。

她的毛绒玩具是一只缝合版泰迪熊——用几个旧玩具的零件拼接缝制而成。她爱维姬，需要维姬，尤其是爸妈离婚以后。

Pru Cassady 普露·卡萨迪（米姆什卡）

维姬和萨莉的妈妈。维姬给她起了个绰号：米姆什卡。一头卷发，年轻时是嬉皮士，现在依然没有抛弃年轻时的生活态度。经常给维姬一些靠谱的恋爱忠告和生活格言。

爱自己的两个女儿胜过一切。离婚之后为生计奔波，忙碌不堪。经常手忙脚乱，要靠维姬帮忙，比如找钥匙，找钱包，找地图等等。

生态主义者，特别注重与自然和谐相处。目前的职业规划是：在天然化妆品领域一展身手。有时会在厨房里摆弄几口大锅，像个女巫，用各种瓜果熬制护肤品，忙碌一整晚还乐此不疲。

Chris Cassady 克利斯·卡萨迪

维姬和萨莉的爸爸，以前曾经是嬉皮士。不过，自从跟新任妻子伊莎贝拉和他们的儿子吉尔伯特搬进宽敞漂亮、一尘不染的豪宅之后，就变成了俗人一个。工作兢兢业业，和蔼可亲，只可惜是个妻管严。

Isabella 伊莎贝拉

克利斯新娶的妻子。总是一脸严肃，嘴唇较薄，面色苍白，鼻子尖尖，头发垂到下巴。通常都是一副紧张过度、神经过敏的样子，其实是因为不够自信。维姬和萨莉到她这儿过周末的时候，跟她待在一起常觉得很不自在。

Gilbert 吉尔伯特

伊莎贝拉的儿子，年纪比维姬稍大。是个电脑天才，戴着一副酒瓶底厚的眼镜，不论冬夏都穿件马甲，被维姬称为“马甲怪物”。智力超群，经常参加数学竞赛和科技研讨活动。不过，在维姬看来，就是“书呆子聚会”罢了。

Azrael 亚兹拉尔

用黑色大理石雕刻而成的天使雕像，立在一个由废弃墓地改建的小公园里。雕像是青年天使的模样，翅膀微微张开，右臂高举，左腿弯曲，像是刚要起飞。天使亚兹拉尔的灵魂封印在雕像内，雕像被撞倒之后跌落在草地上，碎成几块，亚兹拉尔于是苏醒了过来。醒着的时候，他眼睛里闪烁着蓝色的光芒。

White Bryan 怀特·布赖恩

神秘的青年男子，19岁，维姬的心上人。有着浓密的深色头发，深邃的目光，棕色的皮肤，强壮有力的体形。他是个危险的天使——死亡天使，但对于维姬来说却有着致命的吸引力。他喜欢穿牛仔裤，配一件宽松的白色衬衫，总是光着脚。

1
天使的飘浮之舞

她在飘。她的脚不再碰触地面，微风包裹着、轻抚着她的身体。她感觉到了一种无比美妙的轻盈。

不再忧伤，不再害怕，不再烦恼。一切都离她而去。每呼吸一次，她就飘得更高一点儿，一阵暖暖的悸动从她的指尖一直涌向脚趾。

是幸福?

是极乐世界?

是天堂?

是不是只有真正的天使才会有那种感觉?

这是她发自内心的感受?抑或，跟她身边的那个人有关系?他引领着她，在柔软的云端翩翩起舞。他的双臂像阳光般环抱她的周身，虽不曾触碰维姬，却依然能够拥抱住她。

维姬抬起头，他们的目光相遇了。他的眼眸如此深沉，几乎让她沉溺其中。目光不停地闪烁，闪烁，闪烁，里面映照出一片繁花盛开的广阔花园。在花园里，维姬看到了正在和他跳舞的自己。

愿这舞蹈永不停息，永不。

白色的衬衣敞开着，露出他光洁的肌肤。像往常一样，他没有穿鞋子，牛仔裤也很合身。

维姬穿着一条绉纱连衣裙，如同丝绸一般，伴着她的每一个动作而摆动。裙摆在她的腿边上下翩飞。

他的脸上露出了微笑，这比初升的太阳更让她觉得温暖和光明。他弯下腰，两人面颊紧紧相贴。

“维姬。”他低声唤道。他的呼吸暖暖的，带着一股清新的味道。

她不想再克制自己。克制又有什么意义呢?

“我……”她开口说道。

他用力将她拉向自己。

她再次开口："我……"

“嘘……”他示意。

“可是我要说，我必须把它说出来！”

这时，他开始哼唱一小段深情的旋律。

“你为什么不愿意让我说出来？难道你和我的感觉不一

样吗？”她轻声问。她的声音听起来有些不安。

“感觉能够治愈痛苦，言语却只会带来伤害。”

他的话音刚落，变化便开始了。这已经不是第一次了。维姬知道接下来会发生什么。

他的身体慢慢地变得透明起来。维姬绝望地想要抓住他，他却融化成一片薄雾，原本闪耀的光芒也渐渐暗淡了下来。

他惋惜地摇摇头。“这就是现实。我们必须接受它，维姬。”

她感觉到自己的眼泪流了下来，胸口的痛楚和那无尽的忧伤在她的内心漫延开来。

“我……我……我爱……”最后一个字，她竟没有说出口。她的舌头和嘴巴不再听从她的使唤。

她仍然飘浮在空中。

四周是冰冷的黑夜。

他慢慢地离她远去，身影变得越来越模糊，越来越不真切。他最后一次举起手，放在嘴边亲了一下，然后向她飞了一个吻。

“不，”维姬抽泣着大喊，“不！”

远处传来他的声音。

“我爱你，永远爱你，我会一直想你，直到我们重逢的那一天。”

2
一个寒冷的早晨

“薇薇”，一个声音在她的身边叽叽喳喳地叫嚷着，“薇薇，别哭，别哭，可怜的薇薇！”一只潮湿的小手擦了擦她的鼻子。手掌的气味有些发酸，正是这股味道让维姬醒了过来。

她一转脸，便看到妹妹萨莉睁大了眼睛，目光里充满担忧，一头浅色的卷发乱七八糟地披散着。

清晨的阳光透进窗户，在墙上投射出一块温暖的金黄色。

维姬吸了吸鼻子，飞快地用被子擦了一下脸，又清了清嗓子。

痛楚依然存在。

她用双肘支着身体坐起来，强迫自己朝萨莉微笑。

“怎么，我们的公主殿下今天过得好吗？”

萨莉的小手臂缠绕上维姬的脖子。

“你刚才在大叫，还哭了。”

萨莉睡在她隔壁的房间，透过薄薄的墙壁，她什么都听得见。维姬不愿让她担心，更重要的是，她不想让妹妹把这件事告诉妈妈。

“那是开玩笑的！是我闹着玩儿的。”她连忙撒谎。

“闹着玩儿？”萨莉不安地注视着她，“哭可不是闹着玩。”

“呃，我这么做，是为了排练话剧。学校的话剧，剧情规定我要哭，所以我得练习一下。”

“我们幼儿园也演话剧！”萨莉踮起脚尖，将手举过头顶，模仿芭蕾舞演员的样子转了个圈，“我演蜜糖仙子！”

妹妹的舞姿让维姬不由笑了起来。胸口那沉闷的感觉也随之消散了一点儿。

“来，我们去浴室。”维姬一边说，一边下了床。

“不行。”

“为什么不行？”

“贝尔梯在里面。”

“哦！”维姬只得又躺了回去。

“我喜欢贝尔梯。他给我带了橡皮玩偶。”

“你是喜欢他的橡皮玩偶，还是喜欢他这个人？”维姬追问。

萨莉想了想：“他不是坏人。”

“什么意思？”

“伊莎贝拉是女巫。贝尔梯却不是坏蛋。”

“这么说，你是在夸他。”维姬笑了。

“爸爸爱上了伊莎贝拉。妈妈爱上了贝尔梯。”萨莉继续表现她的聪慧。

“是呀，没错。”维姬叹了口气。

萨莉在她的身旁躺下。三月清晨的冷风穿过敞开的窗户吹了进来。

“呵，脚趾头冰凉！”萨莉一边抱怨，一边钻进维姬的被窝，紧紧地依偎着她。姐妹俩就这么躺着。此时，维姬又想起了怀特。

她闭上眼睛，试着回忆他的样子。为什么梦中看得如此真切，现在却什么也想不起来呢?

怀特为什么非死不可？为什么要被那永恒的虚无与黑暗所吞噬?

已经过去八个月了。

经历了秋天来临，摘走了树上所有的叶子。经历了三十年来最寒冷的一个冬天。圣诞节成了一个闹哄哄的节日：离了婚的父母亲吵了又吵，最终达成了和解——连火鸡都被烤焦了。春天终于来了，花园里成了黄水仙的海洋。

但是那痛楚仍在。

“早上好，女孩们！”

经过维姬的房间时，贝尔梯正在收紧他裤子上的背带。

“早上好，贝尔梯。”萨莉欢快地叫道。

维姬却只点了点头。

正对着维姬房间的走廊墙壁上挂着一面心形的镜子，贝尔梯来到镜子前，审视着他浓密的黑色胡子和每天早上必须修剪的长鬓角。他的头发像涂了油漆一样闪闪发亮，并且朝后梳了一个极富艺术气息的蜷曲造型。

“你就这么喜欢照镜子？”维姬忍不住说道。

贝尔梯一下子转过身去，生气地眨了眨眼睛。他控制住自己的怒气，回答道：“哪条法律禁止我照镜子？”

维姬只好翻了个白眼。

最后，她坐起身，温柔地将萨莉推起来，带着她去厨房。贝尔梯紧紧跟在她们身后。

维姬打开冰箱，看看有什么可吃的。但里面的食物并不多。

“原来全家人都在厨房啊。”普露·卡萨迪高兴地走了进来。

维姬抬起头，一脸惊讶。

“这是你的新发型？”

普露·卡萨迪像个小女孩一般笑了起来。一头纷乱的卷发被剪短了，绑成了一个俏皮的马尾。

“别把那些红色的瓶子拿出来，”她提醒道，“这是我研发的新面霜，还在测试。必须把苹果的芳香保存在里面。”

贝尔梯将面包放进吐司机：“如果这一款也能像你的西

瓜面霜一样畅销，那么你将是一个非常有钱的未婚妻。”说着，他在她的脸颊上响亮地吻了一记。

“派对？妈妈为什么是派对？[①]”萨莉问。

“不是派对，是未婚妻（Partie）。”维姬解释说。

“我说的就是派对（Party）呀。”萨莉固执己见。在这种情况下，跟她解释再多也没用。

由于冰箱里实在没什么吃的，而妈妈还在忙着和贝尔梯缠绵，维姬决定去洗澡。

她站在莲蓬头下面，将水温调得冰冷，好冻住她的思想。她不想再被思绪折磨了。

她颤抖着擦干身体，穿上舒适的牛仔裤和一件长袖T恤，在走廊里迅速地套上鞋子。

“晚上见。”维姬轻快地朝厨房喊道。

“愿天使伴你左右，”普露跟出来，“给人们带来福音，撒播幸福！世界需要它。”

“我会尽我最大努力。”维姬头也不回地回答道。最近几个星期以来，普露每天都给她同样的“临别赠言”，不像以前，她总是有很多花样。维姬还是喜欢从前的妈妈。

她背上书包，套上一件宽大的、带有毛茸茸衬里的外

① 派对（Party）和有钱的未婚妻（Partie）读音相似。——译者注

套，整了整衣服，然后出门，走进清晨的寒冷之中。

她打了个冷战。尽管已经是三月底了，外面还是凉飕飕的。她裹紧大衣，蜷缩着脖子飞快地来到邻居的房前。

维姬走上五级台阶，来到门口，然后敲了敲门上的彩色玻璃。

屋里响起脚步声。

“是我，维姬。”她大声说。

保险链被取下，门开了。

“早上好，维姬！”迎接她的是一个瘦瘦的、几乎满头白发的妇人。她穿着一件柔软的家居服，裹着厚厚的围巾。

“早上好，塞尔太太。我本来不想打扰你们，只是想到马可也许做了早饭……”

“请进吧。”

南茜 · 塞尔把门完全打开，好让维姬进来。

好像跟往常不一样。维姬思索片刻，便知道了原因。厨房里少了熏肉、鸡蛋、吐司和咖啡的香味。

“他还在睡。”南茜抱歉地说。

“还在睡？我们得上学了！”

“我知道，但是他就是睡不醒。”

他的妈妈看上去很担忧。

“让我去试试？”维姬自告奋勇。

“如果你愿意的话……”

“当然！”维姬走上楼梯。马可的房间在三层的阁楼里。她敲敲门，没有反应。

她走了进去。

窗帘合着，屋里很暗。唯一的光源是马可的电脑屏幕，维姬老远就望见上面显示着：H8。

像往常一样。H8 有半个屏幕那么大，闪耀着金属的光泽，缓缓地旋转着。

维姬先将窗帘拉开。春天的阳光照进来，照亮了屋里的一片狼藉。维姬简直从没见过这样的混乱，想必马可很久没收拾过，只知道把穿的戴的随便一丢。地上堆满了衣服、空的比萨盒、可乐罐和汉堡包装纸。

而马可本人正趴在床上，脸深深地埋在枕头里。

“马可！快起床！”维姬说道。她有些害羞，这可不是她平日里的风格。

然而马可只是咕哝了一声。

“嘿，起来啦！”

他依然不动。于是维姬来到床前，将被子一拉——他光着身子！

这并没怎么吓到维姬。最多只是让她吃了一惊：自打马可从美国回来，他还没有像此刻这样引起她强烈的注意：躺在她面前的，完全是另一个人。

维姬还记得去年塞尔一家搬进来时的情形。当时马可是一个有点儿胖乎乎的、裤子总是往下滑的小男孩，那时的他看上去总是那么害羞和无助。

上个学期他是在美国读的，前不久才回来，打算在这里完成本学年的功课。

曾经的胖小子马可如今已长成了一个身材修长，肌肉结实的家伙。维姬突然意识到，自己正盯着马可白花花的屁股看。她连忙背过身去。

“呃……马可，你得去上学了，否则老师会生气的。我们这里的学校非常重视按时到校。”

他缓缓地爬了起来。趁他翻身的当儿，维姬赶紧逃出了房间。马可随即扔过来一个枕头，差一点儿打中她。

“听说过‘隐私’这个词吗？”他用低沉沙哑的嗓音嘟囔着。

“对不起！我也没有其他办法啊！”维姬感到自己的脸一下子红了，变得滚烫。这种情况可不常见。

马可把被子往身上一裹，大摇大摆地走出房间。他的头发乱七八糟地竖着，脸上还留着枕头的压痕。“反正我已经迟了。”他抱怨道。

他从维姬身边走过，进了浴室，使劲地把门一关。

维姬耸耸肩，走下楼梯。厨房传来油煎熏肉和鸡蛋发出的嗞嗞声。

“吃早餐了吗？”塞尔太太问她。

“呃……”维姬该怎么回答呢？她决定说实话。“没有。”

“我的厨艺远远赶不上马可，不过做的东西还是能吃的。”

维姬笑了起来。马可的确是个十分出色的厨师，平时全家的饮食都是由他负责的。

南茜·塞尔一手晃动着平底锅，一手从吐司机里捞出几片面包。

“你把他叫起来了吗？”

“哦……是的！”想起刚才停留在马可屁股上的目光，维姬还是有点儿难为情。

“打他从圣迭戈回来后，我们总觉得跟他相处不太容易了。”塞尔太太说。

一个高大的男人走进了厨房。他的腰上围着一条浴巾。“早上好，宝贝儿。”他问候他的太太，并响亮地亲了一下她的额头。“嗨，维姬。”

“嗨。”维姬朝他挥了挥手。

“马可又让浴室发大水了。”比尔·塞尔先生抱怨说，“真不知道那些美国人把他怎么了。我还以为他寄宿的家庭里都是一些脑筋清楚的人。”

“回来念书对他来说的确不容易。”塞尔太太试着解释说。

“米姆什卡说过……”维姬开口说。

“谁？”比尔用疲惫的眼神望着她。

“我妈妈，我一直这么叫她。”

“哦。”

“米姆什卡经常说，旅行的时候，灵魂总是迟到。尤其是坐飞机的时候。”

比尔听起来很不以为然，“我是个很实际的人，我认为，我们的双脚一踏上地面，整个人也就跟着来了，然后我们就必须打起精神来。如果我们的儿子不这么做的话，别怪我不客气。”

南茜·塞尔把食物分到盘子里。蛋和熏肉都煎得有些焦，闻起来有股煳味儿。南茜太太显得比平日里更加腼腆。她递给维姬一个盘子，轻声问："我在想，你是不是跟马可吵架了？”

“吵架？”维姬将手放在胸前，“我们根本没机会吵架。他从圣迭戈回来后，我就只在你们家吃晚饭的时候见过他，那时候他刚到家。”

“哦，是那次晚饭。马可当时因为时差，整个人都迷迷糊糊的。”

“除了那次晚饭，到目前为止，我们也就聊了几句而已。有时候在街上，有时候在学校。他总是显得匆匆忙忙的。”维姬狼吞虎咽地吃了一片抹了黄油和果酱吐司，然后站了起来。马可在楼上走来走去，却始终不见他下楼。维姬必须走了。她谢过马可妈妈的早餐，大声地对着楼上说：“待会儿学校见！”

维姬没有得到回答。

3
出路

这一天早晨，一切都和平常不同，显得格外乱七八糟。维姬弄错了时间。她急匆匆地来到学校，结果到了才知道，她的课十点钟才开始。

眼看着身边的其他人纷纷你追我赶地跑进教学楼，维姬只好站在那儿，深深地叹了一口气。倒霉的一天！

“打起精神，维姬！”她用严肃的口吻对自己说。接着，她用手梳理了一下乱乱的头发，又捏了捏耳朵。妈妈曾经说过，这样可以鼓舞士气。

眼下她却只觉得冷。风灌进她的外套里，连毛茸茸的衬里也不管用。

她必须找个人说说心里话。可是她最好的朋友，同时也是和她分享天使秘密的人——格罗丽亚和妮莎此时还在家里。

管它呢！维姬掏出她的手机。其实这原本是格罗丽亚的，由于她的手机多达三部，所以就把其中一部给了维姬。电话铃刚响了一下，格罗丽亚就接了起来。

“我一个人孤零零地站在学校门口，打算在三分钟之后开始号啕大哭。”维姬向她诉苦。

“别这样，甜心。”格罗丽亚居然无耻地哼着小曲，显然心情极佳。“西格弗里德马上去接你。你想吃华夫饼，薄饼，还是油煎饼？或者是一顿无聊到死的健康早餐？”

面对如此丰富的选项，维姬实在难以作出决定。

“好吧，那就让夏洛特每样都做一点儿好了。”

格罗丽亚家非常非常有钱，除了厨娘夏洛特，她家还有一名管家和两个专门负责洗衣服和打扫卫生的女佣。

大约十分钟后，西格弗里德来到了学校。

“你是飞过来的？”维姬一边说，一边钻进他那鲜红色的小跑车。

“虽然交通规则不允许我这么做，但格罗丽亚说，你的情况很紧急。”

“千真万确！”维姬感激地向他笑了笑。

西格弗里德回给她一个明亮的笑容。他的长相俊朗，看上去总是那么开朗无忧。

十五分钟后，西格弗里德把车开进一座宽敞的花园，停在一座装饰着花窗和柱子的白色房屋前。庭院里的灌木和乔木被修剪得干净整齐，草坪也经过精心地打理。

大厅里，格罗丽亚张开手臂朝维姬迎上来，紧紧地拥抱了她一下。

“出什么事了，甜心？”不等她回答，维姬就被推进一间充满阳光的小会客室，里面摆了一张精心打磨过的木制长桌和两把椅子。桌上摆着三个人的餐具。

矮矮胖胖的夏洛特身着围裙，用托盘将香喷喷的美食送了进来。

“谢谢，亲爱的夏洛特。”格罗丽亚声音甜蜜。

“好好享用吧，姑娘们。”厨娘说着，离开了房间。

“妮莎马上就到。”格罗丽亚一边吃着水果沙拉一边说。维姬需要一些甜食，加了饼干碎屑和蜂蜜的酸奶正对她的胃口。她又拿起一块华夫饼，浸入酸奶中。

“我又做了那个梦。”她轻声说。

格罗丽亚将手搭在维姬的胳膊上，关切地问：“他又说了同样的话？”

维姬点头，在蜂蜜滴落到牛仔裤上之前，迅速将华夫饼塞进嘴里。

“自从马可从美国回来后，就一直神经兮兮的。他妈妈还问我，我们是不是吵架了。”

“他也不全是无理取闹。”格罗丽亚说。她转身拿起她的笔记本电脑，把它打开，放在她和维姬中间，十个手指头灵活地敲打着键盘。

“我把他在疯狂天使网站上的留言保存了。”

“为什么？”

“呃，因为一种直觉。”格罗丽亚甩了甩她的金色卷发，冲维姬一笑。

“最近我们疯狂天使没什么事可忙的，对吧？”维姬向她确认。

“呃，现在情况不同了。春天来了，人们的感情就像紫罗兰一样纷纷发芽，大家都想知道他们是否爱上了正确的人。再说，还有几个星期舞会就要来了，到时候我们的任务肯定多得要喊救命。”

格罗丽亚终于找到了她要的东西。她双击一下点开，然后大声地读出来：

疯狂天使：

你们好！我给你们写过信，却没有收到回复。现在我依然想得到你的帮助。我喜欢上了一个女孩子，她的名字叫维姬·卡萨迪。之前为了疏远她，我去了美国。我以为这样做有用，但是根本没有任何效果。我一直在思念她。

她似乎也喜欢我。但是只是那种朋友的喜欢。她是不是另有喜欢的人？那么我对她来说又算什么呢？

如果什么都不是，我怎样才能把她从我的脑海中赶走？我应该跟其他女孩子们约会吗？希望你们能理解我的痛苦，给我一个建议！

你们曾经在我的学校贴过字条，我从上面看到你们的网址，这才从圣迭戈写信给你们。

希望很快收到你们的回复。

格罗丽亚在旁边审视地打量着她的朋友："你忘了回复他？"

维姬沉默。一开始并不是忘记，但是后来她的确越来越不记得要给马可回信。她不再像往常一样经常和马可在网上聊天，因为怀特带来的痛苦在她的心中蔓延开来，就像油轮发生事故后的海面，油污的面积越来越大。

"马可的确不错，而且长得又帅。他已经不是当年那个穿背带裤的小男孩了，而是一个优秀的男生。"格罗丽亚打断维姬的沉思，朝她做了个敦促的手势。

“什么？”维姬不解地问道。

“行了，难道你没想过？”

“格罗丽亚，求你别打哑谜了。我很累，再加上我妈妈又爱上一个一肚子草包的伪猫王，那个家伙简直就像一只爱打扮的狒狒。”

门突然被撞开，妮莎冲了进来。她漫不经心地一边嚼口香糖，一边解开绕在脖子上的黑色宽围巾。

“姑娘们，你们过得怎么样？”她开心地问，听起来心情仿佛非常好。还没坐下，她就拎起一张薄饼，仰起头塞进嘴巴里，津津有味地嚼了起来。

“普露仍然和那个打扮成猫王的猩猩在一起。”格罗丽亚充满同情地说。

“是狒狒。”维姬纠正她。

“另外，维姬又梦见了……你知道他是谁。”

妮莎扑通一下坐在椅子上。“我在节食，”她宣布，“所以今天最多吃三块华夫饼。如果我忘记了，记得提醒我。”她转向维姬。“嗨，小姐，你陷得太深了，这很糟糕。我的意思是，事情毕竟已经过去有一阵子了，你不觉得是时候做个了断了吗？”

维姬舔了舔指尖粘上的酸奶。她几乎脱口而出，妮莎，你并没有像我爱怀特那样爱一个人。然而这又有什么用呢？

她只好又把已经到嘴边的话吞了回去。

“罗布怎么样？”维姬换了个话题。

“他在我那儿住得可舒服了。当然，别人还不知道。”妮莎微笑，“他自己的家绝对就像一场噩梦。爸爸酗酒，妈妈成天坐在电视机前，抱怨这抱怨那。他能活着简直就是个奇迹。”

格罗丽亚拿起她精致的手机，在上面按了几下，找出一张照片：胖乎乎的妮莎身边站着骨瘦如柴的罗布。这是前不久她们几个一起去听音乐会时格罗丽亚拍的。接下来的一张照片是光彩照人的格罗丽亚和一个表情严肃的男孩子，男孩用手臂搂着格罗丽亚的肩膀，而后者则紧紧依偎着他，并微微仰头注视着他。格罗丽亚望着这张照片，叹了一口气。

“我的麦克还是那么优秀！”

麦克是闻名学校的书呆子，几乎抵得上半个教授，终日沉迷于火箭或飞机的构造，对此，格罗丽亚一窍不通。不过，这并不妨碍她耐心地倾听他长达几个小时的演讲与解说，并丝毫不觉得无聊。作为回报，麦克也会陪她去酒吧，跳上一整个晚上的舞，尽管妮莎认为他的舞姿可以媲美机器人。

第三张照片是维姬，就她自己。维姬飞快地朝手机屏幕瞥了一眼，就如同被针扎一样连忙收回了目光。

就算那时怀特在她身边，照片上也只能看见她一人。他是一个天使，注定只能在极短的时间内以人类的形象现身，永远不可能陪她去看电影，或者去听音乐会。

还好，他的模样还依稀残留在维姬的脑海中。她竭尽全力抵抗着记忆的流逝。

然而闭上眼睛，怀特的样子却不再如以往一般清晰。他的轮廓仿佛渐渐在消逝，整个人变得透明起来。

她多想紧紧地抱住他。

“神游结束，快醒醒！”妮莎在维姬的耳边大声地说。维姬一惊，随即尴尬地笑了。

“小姐，你必须做点什么，这样下去可不行。”妮莎说。她把维姬拉起来，紧紧地拥进怀里，用力地摩挲着她的后背。好一会儿，才用两只手扶住她的双肩，说：“回到我们身边，维姬！你在这儿，和我们在一起，而不是上面的什么地方！”她用眼睛示意天空的方向。

格罗丽亚以课堂发言的口吻说：“我可以提些建议吗？维姬跟马可还有一些事情需要解决。我支持他们两个约会。”

“不！”维姬连忙摆手反对。

“你必须这么做！”格罗丽亚坚持。

“不！”维姬执拗地再次拒绝。她转身离开了房间。

“你就打算这样溜了，还是去上厕所？”妮莎在她身后问。

“厕所。”维姬回答。

回来的时候，她听见格罗丽亚和妮莎还在餐厅里说话，于是在门口停下了脚步。

“她必须转移注意力，而马可又那么喜欢她。只需要一点点推动力，也许一切就水到渠成了。”格罗丽亚正在描绘她的计划。

“哦，我不知道，小姐。”妮莎说，“我不这么认为。”

“我们最好的姐妹爱上了一个永远不能让她幸福的家伙。”格罗丽亚轻声说，“谁听了这话，都会认为我们疯了。可眼下正是让维姬恢复正常的好时机，尤其是在爱情这方面。”

妮莎一边嚼口香糖一边说：“可她仍然……你知道的，姑娘，还有一半的……你懂的！”

“据我所知确实是。但是接下来呢？”

维姬靠在墙上，不由垂下了头。一个很好的问题。她早就准备好将天使的神力还给亚兹拉尔，只是还没成功。

也许这才是她唯一的出路：她必须永远地摆脱天使的神力。亚兹拉尔一定得找出其他的办法。谁叫他是天使呢？

维姬打起精神，勉强露出一个微笑，缓缓地走进餐厅。

妮莎用她化了黑色眼妆的眼睛狐疑地打量着她。“你刚才在偷听我们说话，姑娘，承认吧！”

被发现了。维姬只好耸了耸肩。

“我得走了。上课之前还有一些事要处理。”维姬找了个理由。

“随便你，如果你觉得逃避有用的话。”妮莎不满地说。

“格罗丽亚，你觉得西格弗里德愿意再送我去个地方吗？”

4
狗狗

“随时为你效劳。”西格弗里德微笑着为维姬扶着车门。

“嘿，你是一个真正的绅士。”维姬评价道。

“做你的司机是我的义务之一！”西格弗里德微微一鞠躬，然后从另一侧上了车。

“离上课时间还有整整一个小时。”他提醒维姬。

“那个地方不远。”她把要去的地址告诉他，“你能在那儿等我一会儿吗？不会太久的。”至少她希望如此。

“没问题，包在我身上。”

维姬望着西格弗里德，微微一笑。他似乎永远那么开朗，维姬真希望自己也能像他一样。

西格弗里德一边开着车在城里七拐八拐地穿行，一边自顾自地吹着口哨。车窗外的房屋，道旁大树和花园飞快地消失在身后。一切看上去仍然带着些单调的灰色，仿佛厌倦了冬天。

他们的目的地在豪普特大街。两座高高的住宅楼之间有一条狭窄的通道，通往一个小公园。

在过去的几个月，维姬来过这里多少次？她熟悉这里高大的树木，还有一到夏天几乎长到半米高的草丛。

公园的外围是一道低矮的围墙，墙身上已经出现了好几处塌损。

这里其实是一片早已废弃不用的墓地，只有几块墓碑斜斜地立在那儿。草地的中央，死亡天使亚兹拉尔依旧矗立在底座上。

他优雅地抬起一只手臂，双脚一前一后地站立着，肩膀上的围巾松松地垂下来。

只有大理石上细细的裂纹暗示着他身上的伤痕。地上随处散落的小石块可以证明，他曾经浑身碎裂地在草里躺了很久。

不过现在，这尊深色的大理石雕塑又重新笔直而骄傲地站立了起来。修葺工作已经完全结束了。

维姬来到天使面前。死亡天使的职责是将新生者的名字登记在生死簿上，当他们死去时，再划掉。

“你好，亚兹拉尔。”她低声说。

他立刻睁开眼睛，向下望去。一双蓝色的眼睛。

“你好，维姬。”

“你过得好吗？”维姬明知故问。

亚兹拉尔笑了。雕像瞬间活了过来，仿佛是由血肉做成的一样。

“总比碎成无数块倒在地上要好。”

维姬尴尬地笑了笑。“你还在怨恨我？”

“不。我甚至觉得你很可爱，居然来吻我。很多人都没有这样的想法。只是……你当时不应该撞到我的底座。”

“我永远不会忘记那个吻。”维姬仿佛沉浸在梦中。

“有那么难以忘记？”

“简直不可思议！在我吻你的时候你的天使之力竟然转移到了我身上！”

“你最近还在忙着拯救别人的生命吗？”亚兹拉尔问。

“不，早就没有了。”

作为半个天使，维姬的使命就是把原本不该归西的人从死神手中夺回来，这是一场发生在维姬与那些粗心的死亡天使之间的较量。

怀特也曾经是其中一员。

她深深地叹了口气，忧伤再次在她的内心蔓延开来。

“你怎么了？”亚兹拉尔用充满关切的眼神地凝望着维姬蓬松的秀发，瘦削而漂亮的面孔，还有她纤细却有力的手臂。

“你有没有找到解决的办法？”维姬问，“能不能收回我身上的天使之力？”

在亚兹拉尔的塑像被重新竖立起来之后，维姬再次亲吻了他。但是她所期待的效果没有出现——她的天使之力并没有回到亚兹拉尔身上。

“我相信，”她顿了一下，“不，我坚信，对我来说那样更好。我不能再继续拥有它，我只想做个普普通通的女孩子，哪怕她也会有普普通通的烦恼，做着普普通通的事情，有着普普通通的朋友。我想像一个正常人一样，爱上一个普普通通的男孩子。”

亚兹拉尔仔细地倾听着她的述说。维姬每说一个字，语气就多一分的激烈。

“我非常理解，”亚兹拉尔向她保证，“但是维姬，你从来就不是一个普普通通的女孩子，以后也不会——就算没有天使之力。一个普普通通的女孩子绝不会如此调皮地亲吻我，还撞倒了底座。一个普普通通的女孩子绝对完不成你所做过的事情。多亏有你，那些人才能继续活着，即使他们一点也不知道是谁拯救了他们。”

两人沉默片刻。远方依稀传来城市的喧嚣。一架飞机飞过。

“亚兹拉尔，”维姬再次开口。她强忍住泪水，声音有些喑哑：“我忘不了他。虽然我再也见不到他，可不管怎样，他还存在着。但是当得知他永远不会回来时，我的心好痛。他死了，永远不会再回来了！”

维姬看见亚兹拉尔轻轻地摇了摇头。

“不是这样的，维姬，”他提高了音量，温和而坚定地说，“我已经跟你解释过很多次了，现在不妨再说一遍：天使不会死去。黑暗骑士毁掉了他的外形，同时也释放了他的灵魂。”

“什么叫‘释放’？”

“你只说对了一点：你所熟悉的怀特的躯壳的确永远消失了。但是他的那颗心——他的身上最令你倾心的部分，仍然存在着。它是生命的能量——天使和人类都拥有的东西。”

“但是我再也见不到他了！”

“作为死亡天使的他已经不复存在了。”

“也就是说，永远不会再见了。”

“我可没这么说。”

“如果他已不复存在，我还怎么再见到他呢？”

“他的能量，维姬，它可以在其他地方展现出来。”

“你说话的口吻就像我的老师，”维姬抱怨道，“这到底是什么意思？”

“很简单，去寻找吧！仔细地寻找！也许你与怀特很快就能相见，比你想象的更早。”

“怎样相见？我的意思是，我该做些什么？如果他只剩下‘能量’，而不再是原来的怀特，我怎么才能认出他呢？”

亚兹拉尔沉默了。凭着经验，维姬知道对他来说，谈话已经到此为止了。而她，此刻也不愿再继续追问下去。

“尽管如此，我还是想摆脱身上的天使之力，”维姬闷闷不乐地说，“你必须想想办法帮助我。”

“天使并不是无所不知的神。”

“但你可以去问问其他人啊！”

“天使也不是随随便便就能找个人咨询的。”

“所以我更不想做天使了。”

这时，维姬听见附近传来一声狗叫，呜呜的声音有些凄厉，于是她四下查看了一番。

突然，一条毛发蓬松的狗越过低矮的围墙跳了进来，它通体黄色，只有眼睛上方有一块棕色的斑点，半竖起的耳朵为它平添了几分调皮活泼。它跑到维姬面前，对她叫了一声，随即偎依在她的腿边，仿佛早已认得她。

维姬蹲下来抚摸着它。

“你叫什么名字？”

维姬摸到了一个项圈，但是上面既没有狗牌，也没有关于它名字的任何信息。维姬亲热地抱住这个小流浪者，用手指轻轻地给它挠痒痒，它显然非常享受。

“你是离家出走的吧？”

小狗当然不会回答她。

维姬站起来。它的主人也许马上就来了。她抬头望了望亚兹拉尔——只要有人类靠近，他会在瞬间变回大理石像。不过此时，亚兹拉尔的蓝眼睛正饶有兴趣地望着他们。

也就是说，狗主人并没有出现。

“我们该拿你怎么办好呢？”维姬问小狗。

它像一只猫咪一般紧紧贴着她，乞求着更多的爱抚。

“连四条腿的动物也需要你的帮助。”

“好像是。”维姬把手伸进她的挎包，翻找着可以拿来当狗绳的东西——只有一副MP3的耳机。

她只好将耳机的连接线一头绑在项圈上，另一头拿在手里，然后对亚兹拉尔说：“我是认真的。请帮帮我，帮我重新成为人类！”

“再见。”亚兹拉尔不再理会维姬的请求。

维姬点点头，转身离开。小狗听话地跟在她的身边一路小跑，仿佛早已习惯一样。

离开墓地后，她走进住宅楼之间的通道，毫无装饰的墙体高高地矗立在她的两侧。

依然在同一个位置，维姬不禁停下脚步。这里是她和怀特第一次相遇的地方。他光着脚，穿着宽松的衬衣和磨旧的牛仔裤。

维姬望着天空，低沉地说："别再折磨我了。"这一次，她不再期待回答，这样至少还省去了失望。

维姬回到豪普特大街，西格弗里德还在等着她。他坐在车里，把音乐放得很大声。维姬拉开副驾驶的门，然后指了指自己身边的狗。等西格弗里德把音量关小后，维姬说："瞧我找到了什么。"

"一匹马。"西格弗里德打趣说。

"不，明明是头海象！"

西格弗里德大笑起来，露出了他洁白的牙齿。"那么你打算怎么处理这头海象？"

"人们应该怎么处理一头主动投奔上门的海象？"

"我想到的唯一答案就是动物之家。"西格弗里德同情地说。

"不！"维姬的态度明确，"肯定不行。"

"那就先留下它。你可以报警说你找到一条流浪狗——如果有人在寻找它的话。”

“先等到放学后吧。”维姬说。

“那现在怎么办？”

维姬不怀好意地笑了笑。“你今天不必去学校吧？”

西格弗里德看了一眼小狗，它把两只前爪搭在打开的车门上，脑袋一会儿左一会儿右地摇晃着，仿佛这样才能将他们俩的对话听得更清楚。

“进来吧。”西格弗里德对狗狗说。

它立刻蹿上副驾驶位。

“错了，到下面去！”西格弗里德命令道。

维姬抱起狗狗，把它塞到座位下面，然后自己坐进车里。狗狗马上把脑袋搁在她的膝盖上。维姬抚摸着它，并逗弄着它毛茸茸的耳朵。

不一会儿，西格弗里德就把维姬送到了学校。在她下车关门的时候，狗狗又跳上了座位，身子趴在车门上，对着窗玻璃一阵乱舔。

“别这样！下来！回到你的位置上！”维姬在西格弗里德一连串命令声中，飞快地逃进了教学楼。

5
厄运缠身

上完第四节课——折磨人的化学课——之后，三个人悠闲地在校园里散步。

“那条狗狗就这么突然跑了过来，好像我是它的主人一样。”维姬把今天在公园遇到的怪事讲给她们俩听。

妮莎撕开一条麦棒①的包装，闻了闻。“快过保质期了，不过打折，我最喜欢买快到期的东西，这样可以省不少钱。”她咬了一口，一边满意地咀嚼着，一边对维姬说：“也许它原来的主人是个混蛋。狗是聪明的动物，它们知道到哪里找更好的主人。”

维姬偏了偏头，说：“是啊，它真的很可爱。不过我不能就这么收留它，我必须找到它的主人。”

“也许它的主人也是个女的。”妮莎补充道。

“我以前养过一条小狗，它叫黛西。”格罗丽亚开始回忆往事。

妮莎拍了拍她的胳膊，说：“承认吧，你一定是把它塞进了洗衣机，所以它没能幸存下来。”

---

① 麦棒：一种谷物制成的零食。——译者注

“卑鄙！”格罗丽亚咕哝着，“你没养过狗，所以你根本不懂当狗狗跑掉时主人是什么心情。”

“黛西走失了吗？”维姬问。

格罗丽亚翻了个白眼。“它爱上了另一条狗，非要跟它住在一起。”

“不过是个借口吧。”妮莎讽刺她。

“被你说对了。”格罗丽亚充满挫败感，“为了不让我伤心，我爸妈就编了这么个故事。事实上是我妈对沙发上的狗毛过敏，所以坚持把黛西送走。”

“对了，不许再说我没养过狗！”妮莎坚定地说。

“哦？那一定是上幼儿园之前吧？”维姬说。

“我养过奥托！”

女孩们大笑起来。

“它走路的样子跟狗没什么两样。”

她们再次大笑起来。奥托是妮莎以前养的一只雄兔，论品种应该是一只可爱的白色袖珍兔，可不知为什么，竟然长成一只巨大的长毛怪物，把兔笼塞得满满当当。

“它现在在乡下，跟我的奶奶一起过着幸福的生活。”妮莎说，“奥托已经是一个老头子啦，不过幸亏奶奶的精心照顾，行动还算灵敏。”

“瞧，马可在那边。”格罗丽亚低声对维姬说，并指了指校园的另一边。马可和几个足球队的男孩聚在一块儿，正在谈论着什么。

“看见了。”维姬点点头。

“你不打算跟他聊两句？”格罗丽亚故意逗她。

“他不正在和他的队友聊着吗？”维姬不为所动地回答。

“那是因为除了队友，他找不到其他人可以聊。”格罗丽亚坚持道。

“你想说什么，格罗丽亚？”维姬生气了。

“让你的血液平静下来，太阳的姐妹，”妮莎低声模仿普露的口吻，“别忘了，马可和你，你们俩曾经穿着同一条裤子长大。”

哪有那么夸张，维姬想。不过以前他们的关系的确非常要好。

足球队队长艾伦用力拍了拍马可的后背：“那我们训练时见，好吗？”

“没问题，”马可回答。其他人都跟着艾伦走了，只剩下马可一个人站在原地。

格罗丽亚轻轻推了维姬一下。“快去！”

“别烦我！”维姬不耐烦地说。

“去呀！”妮莎也催促她。

两个好朋友简直让她别无选择。维姬把心一横，朝校园的另一边走去。马可靠着墙站着，抬着头，让整张面孔沐浴在春天的阳光下。

“睡醒了吧？”维姬微笑着问他。

马可睁开眼睛看了看她一眼：“嗯。”

“你已经在家懒散了一个多星期了，别告诉我这是时差的缘故。”

“在美国的时候，我起床的时间就是你们放学的时候，所以习惯了，得慢慢来。”

维姬缩了缩脑袋，仔细打量着马可。他比以前好看了，曾经的害羞也好像不见了，取而代之的是些许的自负。

“干吗又盯着我看？你是打算每天早晨都来我房间看个够吗？”他不耐烦地说。

“我本来打算找你一起吃早餐的。最近我家里出了点问题。”维姬逃避了他的问题。

没有回答。也没有她期待中的追问。如果是以前，马可一定会继续问下去。

维姬的心头涌上一阵失望。

“我爸我妈也烦透了，总是问东问西，逼着我回答。我简直没兴趣跟他们讲话。”马可反而说起了自己。

维姬开始第二次尝试。“放学后一起去‘快乐格陵兰’喝杯奶昔怎么样？”“快乐格陵兰”是一家冷饮店，那里的奶昔和冰冻酸奶特别好喝。

马可望着她，好久才摇摇头："不，谢谢。我要去训练。"

拒绝让人觉得心好疼。

"对不起，当我没问。"维姬真为自己生气。她干吗多此一举，干吗过来跟他讲话！

而马可只是站在那儿，神情冷漠。

离开的路上，维姬不小心撞到了辛迪。像往常一样，辛迪的身后依然跟着一帮小跟班——几个以发掘辛迪优点为己任并时时刻刻把"辛迪最漂亮了"挂在嘴边的女孩子。

"你没长眼睛吗？"辛迪大怒。她拉了一下身上的牛仔外套，上面绣着彩色的人造宝石。"这些宝石很贵的！"

辛迪的跟班之一立刻上前查看"宝石"有没有掉落，以及要不要找维姬算账。

"对不起。"维姬说完，继续往前走。

"喂，卡萨迪，"辛迪拦住她。

维姬停住脚步，转过身来。

"据说你能看见鬼魂，是真的吗？"

这个问题来得太突然，惊得维姬的下巴差一点掉下来。

"什么？"

"你看得见鬼魂，还能跟天使说话。承认吧！这可是一个非常了解你的人说的。"

“是谁说的？”

辛迪耸耸肩：“不告诉你。”

维姬惊讶地忘记了否认。

于是辛迪对她的跟班们说：“瞧，她不否认，也就是承认咯！”

跟班们哄笑起来。

“你该去看看精神病医生了。”辛迪丢给她一个建议，漫不经心地甩了甩她的及肩卷发走了。

维姬望着她的背影。最糟糕的不是她的秘密泄露，而是辛迪说，她是从一个非常了解她的人那儿知道的。会是谁呢？能是谁呢？

“嗨，马可！”

辛迪挥挥手，朝马可走去，仿佛他们很熟一样。可是在他去美国之前，辛迪压根没正眼瞧过他。

“嗨，辛迪，你好吗？”马可问。

“用你的美国口音跟我说话，我觉得那种发音好性感噢。”辛迪撒娇道。

马可满足了她的请求。他的语调听起来——维姬不得不承认——非常美国化。

辛迪咯咯笑个不停，马可仿佛受到了鼓励，使出浑身解数。辛迪的跟班们兴奋地鼓起掌来。

维姬失魂落魄地回到格罗丽亚和妮莎身边，她还没从辛迪给她的打击中回过神来，目光呆呆地望着地面，好一会儿才抬起头，迎接她的是两张充满疑问的面孔。

“只有你们俩知道。”她轻声说。

“知道什么？”妮莎追问。

“关于怀特和亚兹拉尔的事。”

格罗丽亚和妮莎互相交换了一个眼神，觉得莫名其妙。

“所以呢？”

维姬欲言又止。她的心情糟透了。

“辛迪知道了。是某个非常了解我的人告诉她的。”

格罗丽亚立刻举起双手：“不关我事。我是无辜的。我决不会泄露任何事情。”

妮莎的嘴唇颤抖着。“这算是什么？你觉得是我说出去的？你没问题吧？你把我当作什么人？”

“那还会有谁？除了你们俩没有人知道！”

格罗丽亚和妮莎惊呆了。

“肯定不是我。”格罗丽亚再次保证。她显然觉得受到了侮辱，不愿再多说，随手从包里掏出一面化妆镜，仔细地检查自己的妆容。

“够了吧。”妮莎冷冷地说，“我真受够你了。你跟以前不一样了，你已经完全昏了头。太没意思了。”

“对不起，可是……我真的想不出来还有谁……”维姬语无伦次地说。

“格罗丽亚，我们走！”妮莎不给格罗丽亚反对的机会，拖着她就走。

“喂，等等！”维姬大叫。

格罗丽亚想回头，无奈还被妮莎死死拽着。她用维姬听得见的音量对格罗丽亚说：“有些人需要冷静一下才能恢复神智。维姬就是这样。”

倒霉的一天！维姬觉得自己被厄运缠身了。

你们别这样——维姬想——求求你们，不要像我一样发疯。求求你们，别走，我只剩下你们了，拜托。

妮莎把格罗丽亚推出了校门。

维姬深深地叹了一口气。

难道真的是她的朋友们出卖了她？如果不是，那么妮莎的愤怒就很好理解了。可是……如果真的是她们，这叫她怎样重建对她们的信任？

维姬的心情沉重，疲惫极了。

捡到的小狗成了她唯一的安慰。

6

杰森 · 洛维特

四点钟放学，西格弗里德已经在校门外的车里等着了。小狗就在他的旁边，仿佛理所当然一样坐在副驾驶位子上。

“我已经放弃了把它赶下座位的打算。”西格弗里德一边解释，一边用手抹了一把脸上的汗水。他看起来相当疲惫。

“你们过得怎么样？”

“我们先玩了一会儿电脑，又看了一会儿电视节目。然后我教它玩桌球和扑克，不过它好像不太擅长，一拿到好牌就摇头摆尾。”

“真好笑！”维姬冲西格弗里德做了一个鬼脸。不过听着他的笑话，她觉得好过多了。她把狗抱上膝头，然后为自己和狗一起系上安全带。

“我带它去散步了，确切地说，是它带我。它好像永远不知道累，拖着我跑啊跑啊跑啊，我已经散了架了，不过它显然还精力充沛。”西格弗里德发动了车子。

“我们去哪儿？”维姬问。

“去看兽医。”

“它病了吗？不是说要去警察局吗？”

“这只狗的身上也许植入了芯片。如果真是这样，那么我们马上就能知道他的主人是谁。”

“芯片？” 维姬的手指轻轻挠着狗狗的耳朵后面，它好像非常享受。“你身上有芯片吗？”

狗狗只是伸着舌头喘息着，没有反应。

一路上，西格弗里德几次从侧面打量着维姬，仿佛在探究什么。

“你遇到什么事了吗？”

“为什么这么问？”维姬觉得自己就像个小偷，被当场抓了个现行。

“你比平时安静多了。这很少见。”

“这是……这是因为……所有的人都跟我对着干，所有的事情全乱了套。”

西格弗里德皱起眉头。“听起来有点乱。”他说。

“事实就是如此！”

维姬突然感到内心的某种需求——她好想把头放在西格弗里德的肩膀上靠一会儿。正巧红灯亮起，汽车停了下来，于是她就这样做了。

西格弗里德没说话，也没有缩回肩膀。他的双手依然放在方向盘上。

“我怀疑妮莎和格罗丽亚在跟别人聊天的时候把我的私事说了出去，但她们否认了，而且现在很生气。没错，我们的确是最好的朋友，可她们总是强迫我去做她们觉得对的事，按照她们的想法行事。”

“所以，你觉得她们的想法不对？”

“不对。”

“那就不要做喽。”

“可我不做的话，她们还是会生气。”

“唉！”西格弗里德发动汽车，维姬也重新坐直身子。“你向她们解释过你不想做的原因吗？”

“没怎么解释过。这对我来说很困难。”

“不就是解释一下吗？有什么困难的！”

“我试过，可她们不愿意听——我觉得。”

西格弗里德挥舞着双手，“你们怎么能够把一切弄得那么复杂？生活很简单，放松一点。”他朝维姬眨眨眼：“要是我把一切都看得那么悲观，早就长白头发了。”他抓了抓自己浓密的深金色卷发，“我的人生信条是：船到桥头自然直！如果想不到解决的办法，那就笑一笑吧！”说着，他调皮地笑了笑。

“这个我得牢牢记住。”维姬说。可是，关于怀特的事呢，也是笑一笑那么简单就能解决吗？可能吗？她会觉得好像背叛了怀特一般。想到这里，她不由苦笑了一下。

西格弗里德把车停在一座白色平房的前面，透过乳白色的窗玻璃依稀可见小狗小猫在里面上蹿下跳的身影。

兽医名叫菲利普 · 阿斯考夫特，看上去就像一个大学生，穿着运动鞋、牛仔裤和一件破旧的T恤。

他尴尬地拉扯了一下身上的衣服，抱歉地说："没办法，我必须穿成这样。这是一条金毛犬主人的衣服，我刚刚给它做完手术，从它的胃里取出了一个橡皮球。它的主人遭遇车祸，现在还在医院里。狗狗可能太思念主人，每日每夜地叫个不停。所以我想出这个点子来安抚它。"

他走进小小的检查室里，一边收拾东西，一边继续说："有时候光凭主人的气味就能够让狗狗安静下来。"

随后，阿斯考夫特医生手上拿着一个长长的、有点儿像手电筒的仪器来到他们面前。

"所以我穿上里奥主人的T恤，然后把这个可怜的小东西从它的笼子里放了出来，它用鼻子嗅了嗅我，立马对我如胶似漆起来。"他像个恶作剧得逞的小男孩一般咯咯地笑了。

医生来到维姬和狗狗身边，半蹲下来。

"让我们找一找。"医生拿着一根金属棒，探测狗狗的脖子和肩部。先左侧，再右侧。然后，他缓缓地摇摇头，低声说："没有，还是没有。"

狗狗欢畅地舔着他的鼻子和眼镜片。

"好一个自动雨刷！"他笑着说。

探测器响了。

“找到了！”医生挥舞着金属棒，大声地说。他站起来，先是丢给狗狗一根狗咬胶作为奖赏，随后立刻在电脑前坐下。维姬和西格弗里德来到他的身后，紧盯着电脑屏幕。

阿斯考夫特医生打开一个网页，输入探测器上显示的数字，按下了“确定”键。

“凡是植入过芯片的狗，都登记在这里。包括狗的名字，主人的名字、地址、电话，什么都有。”他解释说。

搜索还在进行，一个蓝色的图标在屏幕上在旋转着。

终于，一个新的页面跳了出来。

“有了。”阿斯考夫特医生欣喜地说。他按下打印键，随后从打印机中抽出一张纸，递给维姬。“这上面有你想要的一切信息，打电话给主人约个时间就可以了。”

“好的，谢谢，我知道了！”维姬接过纸条，粗略地扫了一眼。

“你好，斯帕奇！”她对狗狗说道。狗狗立刻竖起耳朵，停止对那根水牛皮狗咬胶的啃咬，它甚至抬起脑袋，殷勤地摇摆着尾巴。维姬又叫了一遍它的名字，斯帕奇一听，尾巴摇得更加欢快，以至于整个屁股都晃动起来。

纸条上登记的主人名字叫杰森·洛维特，下面还有他的手机号码和住处。从地址上看，应该位于城市的另一端，在某条维姬从没听过的街道上。

“我们这就打电话吧！它的主人一定快急疯了。”医生抓起电话，拨打了纸条上的号码。他拿着听筒，仔细听了一会儿，对维姬笑了笑，接着又听了一会儿，然后挂了电话。看样子仿佛是听到了一件奇怪的事情。

“怎么了，医生？”西格弗里德问。

“你们也过来听一下。”阿斯考夫特医生按了一下重拨键和免提键。一阵嘟嘟声后，线路连上了语音信箱，一个嘶哑的、年轻的声音说道：“这是我留给你们所有人最后的遗言。别给我留言了，没有意义，我也不会再回复。谢谢所有给我带来过欢乐的人，我爱你们。但是，我……”说到这里，线路自动切断了。

维姬深吸一口气，片刻之后才恢复说话的能力。

“听起来，他好像已经……好像已经……”

她感到一阵干呕，连忙用手捂住嘴巴。难道杰森自杀了？

所以狗狗才跑了出来？

维姬立刻想到：是我的失职！我应该去救他的。可是，以前总是作为警告出现的死亡气息呢？她已经很久都没有感觉到了。

难道她已经完全失去了天使之力吗？

她的确很久没有使用过它了。

“维姬？”西格弗里德拉了拉她的胳膊。

“他自杀了！”维姬脱口而出。

阿斯考夫特医生忧心忡忡地点点头：“也许是，也许不是。或许他还有救。”

“我们必须按这个地址去找他，这是唯一的线索！”维姬摇了摇手中的纸条。

“我也想去，只是我的候诊室已经排满了人。”医生抱歉地说，“如果有什么发现，请打电话告诉我。我也不愿意作最坏的打算，不过，万一如此的话，至少我能给斯帕奇找到一个好的归宿。”

西格弗里德和维姬奔向他们的汽车，斯帕奇快乐地叫着，紧紧跟在他们身后。没等维姬坐好，它就迫不及待地跳进了她的怀里。西格弗里德迅速把地址输入汽车的导航仪，随后发动了车子。

前往夏洛特大街的路程比他们想象的还要漫长。一方面是因为夏洛特大街位于城市边缘，而且此时又正值下班高峰期。他们几乎每次都踩着最后一秒绿灯冲过马路。一切都仿佛跟他们作对似的。

开了一个多小时后，他们的汽车才拐进一条街道。街边矗立着一幢幢漂亮时尚的小平房。

杰森·洛维特应该住在118号，也就是倒数第二幢。

下车的时候，维姬的膝盖都在发抖。她的嘴巴很干，胃里好像被打了一个结。她的手里紧紧牵着耳机线充当的狗链，而另一端的斯帕奇却开心地摇着尾巴，激动地蹿来蹿去。

118 号是一座镶着铝合金窗户的白色平层建筑。他们在花园入口的旁边发现一个长条状的信箱，信箱门上用指甲油涂抹着几个大字“洛维特”。

西格弗里德突然犹豫了起来。他看了看维姬，露出一丝尴尬的神情。

“我们该怎么……？我是说……怎么才能……？”

维姬打开花园的门，穿过木板铺就的小路来到白色的房门前，按下了门铃。屋里立刻响起一阵尖锐的铃声。不知怎么，维姬的直觉告诉她屋里没有人在。她也说不清楚为什么。

没人应门。维姬再次按响门铃，这次的时间更长。

斯帕奇坐在他们身边，一边用爪子挠门，一边发出呜呜的叫声。维姬低头望着它：“你的主人在里面吗？”她问道。她的声音突然变得沙哑，嗓子也疼起来。斯帕奇仍然不停地挠着门。

“我来报警。”西格弗里德说着，拿出手机，开始拨打报警电话。

与此同时，维姬沿着房屋外墙走去。她试着透过窗户往里瞧。

头两扇窗户被里面的窗帘挡住了，第三扇却是磨砂玻璃，里面仿佛放了浴缸。维姬绕过拐角，却发现另一面外墙上既没有窗户，也没有门。她只好转而朝花园里走去，却意外地发现这里有一个小小的露台，上面摆着一张桌子和四把椅子，椅子的靠背斜斜地搭在桌面上。这里的窗户依然紧闭，不过窗帘却是拉开的。

维姬透过露台的门往屋里望去，这是一间布置得相当时尚的客厅，真皮沙发，金属架子和一台硕大的纯平电视机——她只能看见这些。

但是没有人。

这算是个好兆头吗?

这座房屋给人一种毫无人烟的感觉。维姬觉得它似乎处于一种沉睡的状态中，荒凉而空洞。

不管怎样，也许杰森正躺在屋里的某个地方，或者，他还活着!

想到这里，维姬握起拳头用力敲打窗户。

“喂，有人吗？杰森？”她大声喊道。

她使劲地吸了一口气，想分辨出空气中的气味。这里弥漫着死亡的气息吗？她却什么也没感觉到。是她的问题吗?

难道她身上的天使之力已经消失了？她把脸贴在玻璃上，双手分别挡住左右两侧的光线，以便看得更加清楚。

金属架子上摆着一个银质相框，照片上是一对幸福的夫妇，一个淡红色头发的女人跟一个笑容满面的络腮胡子男人脸贴着脸，即便没有穿着婚礼的服饰，也让人感觉到他们之间浓浓的爱意。

这个男人就是杰森吗?

不对，杰森的声音听起来要年轻得多。他应该是个比维姬大不了多少的男孩子。

要想找到杰森，即使借助天使之力——如果它还在的话——也不是一件简单的事。维姬至少需要一张他的照片。如果不知道他长什么样子，那么维姬就没有办法使用魔力到达他的身边。

然而她的内心深处有一种感觉，驱使着她一定要找到杰森。

也许银相框里的照片可以帮助她。维姬盯着照片里的女人，将她的一切牢牢地铭刻在脑海中：淡红色的卷发，圆圆的脸庞和微小的雀斑。她合上双眼，女人的形象依然出现在面前。这正是她所需要的。

她把所有的思想都集中在女人的面容上，忘记了斯帕奇，忘记了西格弗里德。她用尽全力祈求来到这个女人的身边，找到她，帮助她，这就是天使的使命——哪怕只是半个天使。

“找到她，找到她，找到她。”她念咒一般地轻声说着。

或许，这个女人是杰森的母亲。如果真是这样，那么她正是寻找杰森的关键。

但愿如此。她想。

7
新的转机

一阵暖暖的痒意从她的额头扩散至整个躯体。她的身下有什么东西在徐徐地蠕动，像一朵微微发光的云彩一样慢慢包裹住她。维姬感到身体里的沉重一下子瓦解开来，她开始在空中飘浮。

脚下远远地传来斯帕奇的叫声。

没过多久，她就抵达了目的地。这是一座表面装饰着蓝色玻璃的高楼。当维姬穿过玻璃外墙，飘进最高的楼层内部时，她的内心仿佛涌过了一股浪潮，除此之外，再无其他感觉。此刻的她是无形的，没有人看得见她。不管是墙体，玻璃窗还是树木，没有什么能够阻挡她。

正是这股神奇的力量，把她带到了需要她的地方——一间狭小的、普通的办公室。

她降落在一个女人身边。是她，维姬马上认出来，这正是照片上的女人。只是更显苍老，脸上镌刻着深深的皱纹。她的眼窝发青，神态疲惫。

她坐在一把塑料椅子的前端，面前摆放着一张写字桌，桌上堆放着大量的文件。

写字台的另一端，一张靠背椅转了过来，椅子上坐着一个身穿白大褂的男人，手里把玩着圆珠笔。男人的脸上带着同情的微笑。

“就这些？没有其他办法了吗？”

“洛维特太太，我很想给您一个其他的回答。但是事实就是如此，我们已经尽了全力了。”

维姬的预感越来越糟。他们在说杰森，他已经死了。他成功地夺走了自己的生命。

“杰弗森医生，我怎么才能接受这个事实呢。一切都开始于我丈夫搬走的那一天。可是这也不至于让他……”她开始抽泣。医生拉开抽屉，拿出一盒纸巾递给她。洛维特太太擦了擦鼻子，拭去了眼角的泪水。

“现在我该怎么办？”她轻轻地问。

维姬朝洛维特太太走近一步，她注意到这个女人的身体微微一颤，站了起来。维姬把自己无形的手搭在洛维特太太的肩上。洛维特虽然感受不到二人的接触，但是维姬知道，她的内心能够感知到自己的存在。但愿能像一层融融的暖意，包裹着她，给她安慰。

维姬觉得对洛维特太太施以援手是她作为天使的义务。即使她没能成功地救回杰森的生命。

他不应该死的，然而她为什么对此毫无感觉？为什么连一丁点儿预兆都没有得到？

医生俯身向前，胳膊支在桌面上。他的手里依然把玩着圆珠笔。

“他不能回家，相信您也看到了。”

他的话让维姬振奋起来，这么说，杰森还活着。

“我什么都愿意为他做。”洛维特太太保证道。她再次擦了擦鼻子。

“这一点我毫不怀疑。但是目前杰森必须接受专业人士的照料。”

洛维特太太沉思片刻，点了点头。她盯着交叠在膝上的双手，问：“具体怎么做呢？”

“明天我们会把他送进城郊的一家疗养院，环境很好，房子有些老，不过设施很齐全，交通也很方便。精神上的辅导，日常活动，身体锻炼等等，那里会提供他所需要的一切，帮助他尽快回到日常的轨道上。”

他停了一下，因为洛维特太太再次抽泣起来：“他还会跟我说话吗？他还能像一个正常的男孩子一样吗？”

“只要我们了解到了他曾经的经历，以及导致他走到这一步的原因，康复的机会还是有的。圣·阿尔班斯在这方面的成功率相当高。”

维姬松了一口气。杰森还活着。看来她的天使之力是用不上了，就连洛维特太太好像也不再需要她的帮助，因为她已经在医生那里找到了最好的安慰。

只剩下一个问题：她怎样才能恢复人形呢？以往只要完成任务，她就能变回普通人的模样。可是，这一次，她的任务是什么？

这时，医生站起身来，洛维特太太马上跟上去。

“我能去看看他吗？”

杰弗森医生犹豫了一下，点点头。离开办公室的时候，他让洛维特太太走在前面。

他们沿着医院特有的走廊往下走，路过一扇扇橘红色的病房门，然后在最后一扇门前停住了脚步。

“我可以单独进去吗？”

医生再次犹豫了一下，不过还是点头表示同意。

维姬一个箭步，率先钻了进去。

房间不大，里面摆放着两张病床，两个柜子，窗前还有一张桌子。

一张床是空的，另一张床上则坐着一个人，背朝着房门。他就是杰森吗？维姬只看见一个穿着深蓝色连帽衫的身影，连帽衫的帽子遮住了头部。从身体有节奏的摇摆来看，杰森正戴着耳机听音乐。

他是否想念他的斯帕奇？

维姬来到窗前，她想把杰森的面孔看清楚。

然而帽子上的抽绳被他拉得紧紧的，看不见他的脸。维姬听见一阵轻微的打击乐声，耳机的音量想必已被他调到最大。

一根白色的耳机线从帽子里垂下来，连接着他手上的MP3。

杰森看起来比维姬高一点儿。他穿着大两码的衣服和裤子。

门开了，他的妈妈走进来，脚步非常轻柔，几乎踮着脚尖走到她的儿子面前。

他没有听见妈妈进来。

洛维特太太伸出颤抖的手，放在杰森的肩上。杰森立刻动作粗鲁地将妈妈的手甩开，往旁边一闪，仿佛她要伤害他一样。

“走开！别烦我！”帽子里面传来嘶哑的声音，声音里满含愤怒，把维姬吓了一跳。

杰弗森医生出现在杰森母亲的身后，轻轻地拉住她的手臂。

“随他去吧。”他低声说，并把她带出了房间。

没等房门关闭，杰森突然开始捶打他的枕头。他的两手握拳，一下又一下，仿佛拥有无限的力气和耐力。最后，他终于像一只受伤的野兽一样，发出了一声叫喊。枕套被他扯出来，撕得粉碎。而他自己则喘息着跪倒在地，膝盖顶着下巴，将头深深地埋了进去。

维姬以为他会哭，然而他并没有。他只是大口地呼吸着，前后晃动着身体。

在这里，维姬没法了解到更多的情况，因此她飘出房间，回到走廊。医生陪着洛维特太太朝电梯走去。

“看到他这个样子，我的心里很难受。”洛维特太太含着泪说。

“我能理解。不过您必须接受现实。现在的杰森并不是他本人，他的头脑里有各种各样的思想和观点在彼此撞击，把那个真实的杰森蒙蔽了。我们向您保证，我们一定尽全力，努力帮助他重新找回自己。”

“我知道。”洛维特太太几乎说不出话来。

电梯门开了，她走了进去。医生向她挥手告别。维姬也趁机飘到了她的身边——当然，她对此毫无察觉。

电梯里除了她们俩，并无其他人。维姬看了一眼门上的显示器，她们正在十五层。电梯开始缓缓下降。

“接下来会怎样呢？”洛维特太太低声说。

维姬一直注视着洛维特太太，迫切地试图通过意念说服她。

“一切都会好起来的。他需要时间，他还是那个杰森，只是暂时被黑暗的思想蒙蔽了。”她把刚才从杰弗森医生那里听来的话又重复了一遍。

“他还是那个杰森，还是那个杰森。”洛维特太太轻声说。

电梯在五楼停下，门向两边打开，一个护士端着托盘走了进来，对洛维特太太，以及她身边的维姬分别点了点头。

洛维特太太惊讶地转过脸，瞪大了眼睛望着维姬。

没错，维姬已经变回了人类的样子。原来安慰洛维特太太就是她这次的任务。

“怎么回事？你是什么时候进来的？”洛维特太太问道，她连眨了几次眼睛，“之前你并不在……”

维姬只好用一个不耐烦的微笑来回应她。

剩下的几层楼仿佛走了很久。洛维特太太不时地望向维姬，眼神中满是不安。

下了电梯，维姬赶紧离开了。她的心跳得好快。这时，她突然想起斯帕奇，它应该还在洛维特家的花园里。不过这样也好，洛维特太太回去就能发现它。

维姬走出大楼，傍晚的寒冷令她不由地裹紧了外套。她拿出手机，打给西格弗里德。

“你在哪儿？”西格弗里德问。

该怎么回答呢？维姬抬头看了看这座高高的蓝色建筑，只见入口处写着几个银色的大字：圣 · 托马斯医院。

她知道这家医院，萨莉就是在这里出生的。这里离洛维特家可不是一般的远。

“你怎么跑哪儿去了？”西格弗里德惊讶地问。

“呃，这个我以后再跟你解释，”她蒙混过去，“过来接我一下吧！”

“等一下，维姬。”片刻之后，当维姬钻进西格弗里德车里的时候，他果然又开始纠缠这个问题，“……我刚才到处找你，你怎么不说一声就跑掉了呢？”

“我现在没法向你解释。总之是有更重要的事情要去做。”

西格弗里德深吸一口气，想反驳，然而最后还是放弃了刨根问底。

“刚才警察来了，不过一切都好，杰森是这家人的小儿子，八天前服下安眠药企图自杀。”

“没人提到他的狗吗？”

“有。杰森的阿姨，她说她曾经照顾过斯帕奇几次，不过这已经是它第二次从她家跑出来了。”

“斯帕奇现在怎样了？”

“杰森的阿姨不愿意再收养它。洛维特太太又不见踪影。”

“她马上就到家了。”维姬说完，立刻后悔地想扇自己耳光。

“你怎么知道？”西格弗里德皱起眉头。

“你有没有打电话给阿斯考夫特医生，告诉他杰森还活着？”维姬急忙转移话题。

“打过了。我告诉他，不必给斯帕奇找去处了。”西格弗里德答道。

“其实我们可以收留斯帕奇，不是吗？”

“我们？”

“我！不过白天我没法照顾它。也许你可以……”

“也是，反正现在大学里无聊得要死。把它送到流浪动物之家之前，我有的是时间照顾它。不过这可不是长久之计。”

“当然，只是暂时的。你愿意吗？”

“愿意！”

“谢谢！”

8
爱与恨

普露 · 卡萨迪疑惑地低头望着斯帕奇。

这只毛茸茸的狗正仰躺在她家的过道，享受着萨莉的抚摸。四个爪子小幅度地挥舞着，还时不时地翻一翻身，口中发出满意的哼哼声。

“我真不知道，维姬……”普露伸了个懒腰。

萨莉把整个身子压在可怜的狗狗身上，压得它喘不过气来。瘦瘦的小胳膊缠住它，抱着它一起在地上打滚。

“有什么问题吗，米姆什卡？”维姬问。

“养宠物需要时间和责任，责任！你要上学，而我又经常带着我的化妆品出差。”

维姬在心里默默补充：还带着你的贝尔梯。然后她大声说：“它并不是一直在这里，白天西格弗里德会照看它。”

“周末呢？你打算怎么办？”普露问。

“当我们去爸爸和伊莎贝拉那里度周末的时候？我当然带它一起去！”

普露遗憾地摇摇头。“不可能，我的宝贝，伊莎贝拉最不喜欢动物。”

“什么，孔雀？[①]它明明是条狗。”萨莉大声地插嘴说。

“不是孔雀，是动物。我们在说动物，宝贝儿。”普露解释说。可是萨莉早已失去了兴趣，又和斯帕奇在走廊上嬉闹起来。

“我估计，”普露转而对维姬说，“伊莎贝拉一定会说她对动物过敏，觉得它们不干净，她不会同意你带着狗过去的。”

“那就让它跟着你吧，米姆什卡。”

维姬妈妈的脸突然红了。她一边用指尖轻轻梳理着自己的新发型，一边说：“贝尔梯邀请我去参加一个乡村狂欢节，我们周末两天都在那儿。”

维姬拼命压抑着自己不作评价。又是贝尔梯，又是他。

“然后他会搬来跟我们一起住吗？”她脱口而出。

这下普露连头发丝都羞红了。“我本来打算早点告诉你的。”

维姬深吸一口气：“那就告诉我，这不是真的。”

“我的天使，别激动好吗？”

“说呀，告诉我贝尔梯不会搬进来。”

她的妈妈尴尬地抚弄着披肩上的流苏。

---

① 萨莉误听成孔雀。——译者注

“我想跟你谈谈。”

维姬的怒火一下子爆发了。她咬牙切齿地说：“你已经决定了，却没有考虑到我们。他的东西都已经在你的柜子了，还有什么好谈的？”

萨莉看了看妈妈，又看了看姐姐。

“你们还爱着对方吗？”她问。

“当然了，宝贝儿。我们一直都相亲相爱。”普露哄着她，“回你的房间，去跟贝尔梯给你买的新娃娃玩一会儿。”

“好的！”萨莉欢呼一声，“我喜欢贝尔梯，因为他已经送给我两个娃娃了。”她欢快地跑上了楼。

“我看我最好还是带着斯帕奇去格罗丽亚家睡吧，这样你就可以全心全意地照顾贝尔梯了。”维姬恨恨地说。她用力擦了一下鼻子，一步一顿地走上楼梯。斯帕奇连蹦带跳地跟在她的身后。

“维姬，别这样。”普露在她身后喊道。

维姬用尽全身力气把房门甩上，柜子上的相框都被震得掉了下来。她捡起相框，凝视着上面的照片。

那是多么美好的时光啊，她的心头涌上一阵感慨。照片上的妈妈，爸爸，新出生的萨莉和自己，一家人在一起，脸上洋溢着幸福的笑容。

然而仅仅三个月后，克利斯·卡萨迪就抛弃了他的家庭，搬去和伊莎贝拉以及她的儿子吉尔伯特同住。

维姬从柜子里拿出旅行袋，胡乱往里面塞了几件衣服，收拾了一些学校要用的东西，又到浴室里拿了牙刷、梳子、发胶和化妆品。

普露从楼下走了上来。

“唉，我的心肝，我的宝贝，我的阳光。”她怯生生地在浴室门口呼唤着维姬。

“你根本没考虑过我的感受，就让那只狒狒搬进来。”维姬毫不掩饰地说。可是话刚出口，她又立刻为自己的爆发感到抱歉。妈妈后退了几步，维姬好想跟她说声对不起，却怎么也说不出来。

母女俩就这样默默地注视着对方。

最终，普露轻声说：“有时距离会带来和平。你还是去找格罗丽亚吧，不过别忘了，这儿是你的家，永远都是。”

维姬把盥洗包紧紧抱在怀里，无声地从普露身边走过。回到卧室，她把所有东西一股脑儿装进袋子，就这样离开了房间。斯帕奇跟在她的脚边。妈妈站在原地，一动不动。维姬突然感到很无助。她不想就这样一走了之，可眼下的确什么也说不出来。

“再见。”她走下楼梯，把旅行包往肩上一甩。

“维姬！”普露叫住了她。

她停下脚步，转过身来。

“我只想为自己争取一点爱情。”普露轻轻地说，声音充满悲伤。

“没错。”维姬承认，“你已经得到了。”

此刻她没有别的念头，只想离开这个家。

又得麻烦西格弗里德来接她了。在接到她的电话后，西格弗里德立刻开车赶来，并且很感谢维姬给了他一个出来兜风的理由。

“你瞧，每一分钟都可能发生惊喜。”说着，他把车驶入车流。

“格罗丽亚有没有说些什么？我指的是关于跟我吵架的事？”维姬问。

“她今天最大的烦恼是新买的带有亮片的指甲油总是褪色，以及麦克能否参加一个她总记不住名字的数学天才竞赛。”西格弗里德笑了，“我爱我的妹妹，像她这样的女孩天底下找不到第二个。”

维姬微笑着点点头。

“我一直把关心她当作我的责任。以前爸爸妈妈跟格罗丽亚相处的时间实在太少了，虽然我们也有过好几个保姆，其实都是我在照顾她。”说着，他看了一眼维姬。

“我也想要一个这样的哥哥。”维姬小声地说。

“你有呀！”西格弗里德笑着说，“格罗丽亚的朋友对我来说也算半个妹妹。否则我为什么穿过大半个世界来给你当司机？”

维姬望着他，微微一笑。“你真伟大。”说着，她伸手拍了拍西格弗里德的胳膊。看得出，他很开心。

维姬盘腿坐在格罗丽亚的床上，床上凌乱地罩着一床彩色的拼花被子，斯帕奇才闻了一下，就爱上了这床被子。它立刻跳上去，在枕头堆出的小山丘上滚过来滚过去。

“你是不是生我的气了，因为我怀疑你们……”维姬说不下去了。

格罗丽亚坐在电脑前，右手打字，左手拿着一把干果零食。她一边吃，一边瞥了维姬一眼。

“说实话，这真是个沉重的打击，我很难受。因为我从来没有跟别人乱讲过什么，呃，几乎没有。”她想了想，又补充道，“至少关于你的秘密，我绝对没有跟外人说过半个字。”格罗丽亚调皮地耸了耸肩，“也许是因为我怕说出去了，会被别人看作疯子吧。在这方面我还是比较倾向于正常的人生，哪怕有点儿无聊。你说呢？”

维姬打量了一下房间，这里还残留着格罗丽亚“粉红年代”的强烈印记。那张放着玫瑰红色流苏坐垫的凳子是格罗丽亚的最爱。架子上依次摆放着差不多二十瓶指甲油，旁边是一排排的香水以及大小各异的化妆刷。

这样的人生竟然被她称作“无聊”？

“我只是不知道还有谁会把我的事情告诉辛迪。”

格罗丽亚猛然转过身对她说：“够了，维姬。你真的以为我们会向辛迪告密吗？”

“不！你们当然不会！”维姬深深地呼出一口气，把脑袋偎依在斯帕奇的身上。

“对不起，格罗丽亚，真的对不起。”

格罗丽亚轻快地挥挥手。“哈，没那么严重。”她轻松地说。她并不是一个容易记仇的人。“不过妮莎并不是这么认为。你了解她，她是出了名的小心眼。”

“我会跟她谈一谈。”维姬叹息着站起来。此时，她又想起了妈妈和贝尔梯。

“妈妈为什么要这么做呢？为什么？”维姬使劲拽着被子，仿佛答案就藏在被子的下面。

“她为什么瞒着我，叫这个家伙搬来我家？”

“是呀，是有点儿奇怪。”格罗丽亚敷衍地评价道。她又转向电脑，用指尖敲打着键盘。

维姬心里突然冒出一个疑虑，一个令她必须弄清楚的疑虑：“他会不会喜欢肢解女性，然后把她们冷藏起来？”她努力用平静的声音说。

“一切皆有可能，不是吗？”格罗丽亚正忙着用鼠标到处乱点。

“你根本没听我说话！”维姬抱怨道。

格罗丽亚把贴着电脑屏幕的面孔缩了回来，她转身对她的朋友说：“维姬，你已经重复过三遍了。如果这样会让你好受一点儿，那你尽管再跟我讲第四遍、第五遍、第六遍，甚至第七遍。只是我不能把狂野天使网站丢在一边，妮莎和你又没怎么管过。”

维姬一下子躺倒在床上。

“你是不是觉得，在这件事情上，我表现得很愚蠢？”她问。

“在你妈妈和贝尔梯的事情上？”格罗丽亚沉默了一会儿，一时间，屋里只听见键盘的嗒嗒声。“你妈妈为什么不能被丘比特的箭射中？难道她就应该永远孤独下去吗？这是你想要的吗？”

“不！”维姬的声音提高了几分，“但是为什么偏偏是那个伪猫王？”

“这就是爱情。它就这样发生了，不管我们喜欢不喜欢。”

“你什么时候变得这么聪明了？”维姬问。

“从我妈妈搬出去那天起。她的新男朋友比西格弗里德还年轻。”

“你从没跟我说过。”

“你真应该亲眼看看这两个人在一起的样子。绝对是天字第一号尴尬的场景。妈妈装出一副清纯少女的模样。其实她的莫里斯不过是个平面模特兼玩音乐的，她却把他称作艺术家。我知道，她是我的妈妈，我不该这么说。但是尽管如此，我还是认为——她脑子有病。”

从格罗丽亚的嘴巴里说出这样的话，听起来格外让人震惊。

“她还会偶尔回来吗？”

“从不。爸爸不同意离婚。妈妈现在住在一个阁楼里，我们一个月去看望她两次，偶尔也会多去几次。”

格罗丽亚站起来朝维姬走去，一下子躺倒在她的身边。

斯帕奇被吓得跳了起来，疑惑地小声叫了两下。女孩们连忙去安抚它。

“我非常理解你，甜心。”格罗丽亚向她保证。“你知道我妈妈当时走的多么突然吗？她什么也没对我说，就这么走了。我觉得我的心都被撕成了碎片。真庆幸还有西格弗里德陪着我。”

两个好朋友沉默了一会儿。她们用这沉默达成了一种无声的一致，那就是父母亲的确不是寻常的生物。

“我想在你们这儿住一阵，你不反对吧？”维姬怯怯地问。

“在我家你可以一个星期内每天换不同的客房睡觉。”格罗丽亚说。她绝不是在吹牛。“爸爸想把这座房子卖掉。他觉得它就像个空荡荡的幽灵古堡。欢迎你来给它注入一点儿生气。”

维姬感激地紧紧拥抱格罗丽亚。

“网站那边有什么新留言吗？”换个话题会让她好受一点儿。

“哦，全是一些搞笑的留言。”格罗丽亚回到电脑前，把其中几封念给她听：“我爱上了一个外星人，怎么办？……我觉得我的女朋友是个吸血鬼！我应该让她来咬我还是在脖子上挂一串蒜瓣项链？……我喜欢两个女老师，不知道该吻哪一个好……我可以爱上我的老师们吗？我想跟他们一起私奔……我奶奶爱上了我的校长，她还有救吗？”

维姬翻了个白眼，装腔作势地叹了一口气：“疯子无处不在。”

格罗丽亚同意她的说法。维姬来到她的身后，往屏幕上看去。下一封邮件是马可的，因为是从他的邮箱发送过来的，所以维姬一眼就认出来了。

她克制着自己。

格罗丽亚觉察出维姬的变化，转身对她说：“要不让我先看吧，然后再把内容告诉你？”

“不要。”维姬摇头，“打开吧。”

格罗丽亚犹豫着转了转鼠标。

“打开呀！”维姬命令道。

天使们：

嗨！到目前为止你们并没怎么帮到我。我给你们写过几封信，都是关于维姬的。不过她已经是过去式了。有时候人们要花很长一段时间才认识到自己的错误。她就是一个巨大的错误。幸好，这个错误还不算太严重……

格罗丽亚关上了邮件窗口。

“让我看下去。”维姬轻轻咳了一声。

“你确定？这只会让你受伤的灵魂更加沉重。”

“打开，要不把鼠标给我！”维姬大声地命令。

……每个人都有看错人的时候。我看错了维姬。她浪费了我很多时间和精力。我以为她很特别，很与众不同，但是事实上她就是一只可恶的母狗，还装作她不是。如果她也求你们帮她做什么事——别说我没警告过你们。

“他怎么可以这么说！”格罗丽亚尖叫一声，“这不是真的。他怎么会这样看你？”

“因为我没有爱上他。”维姬答道。这封邮件的杀伤力比她想象的要强。

“我要把他的胡言乱语删掉！”格罗丽亚决定。维姬连忙抢过鼠标。

“别这样，让我看完。我想知道他到底出了什么事。”

……现在我认识了一个非常棒的女孩子。她叫辛迪。我知道维姬和她那些高傲的朋友们都看不起辛迪，但是她们错了。辛迪不但漂亮，性感，而且诚实开朗。我觉得我爱上她了，而她看起来好像也一样。

我的问题是：你们能帮我打探到关于辛迪更多的信息吗？

那就太棒了。

期待你们的回信。

马可

维姬和格罗丽亚瞪着这封邮件，一言不发。

“恐怕他真的被你气死了。”格罗丽亚说。

维姬走到窗边，朝窗外的花园望去。灌木丛和树木的下面立着几盏探照灯，照亮了附近的枝丫和细小的叶片。

“居然有人觉得辛迪比我诚实。”她轻声说。

“他在邮件里说：我觉得我爱上她了，而她看起来好像也一样。”格罗丽亚照着念出来。然后她走到维姬身边，把玩着窗帘。“他说得对，辛迪一定也爱上了她自己。”

两个女孩不由得都笑了。

“关于他我觉得很抱歉。我不该惹他生气。”维姬承认，“马可曾经是一个非常好的朋友。”她深呼吸一下，说：“都是因为怀特。我停止不了对他的思念。”

格罗丽亚把手放在她的胳膊上：“时间会治愈所有的伤口。”

不过维姬并不太相信这句话。“对不起，我对你们的态度实在是可恶。还有今天上午的事，你们当然不会出去乱说，这我明白。但是我实在想不通辛迪究竟是从谁那里知道的。”

“也许她只是乱猜的，她平时也一直满口胡言。”

维姬倒是没想到这一点。也许真的是这样。

“我想，我得去睡觉了。”维姬打了个哈欠。格罗丽亚也很疲惫，她打算明天再看狂野天使网站上那些剩下的留言。于是她把维姬领到隔壁的房间。房间很大，拥有单独的浴室，浴缸和淋浴一应俱全。

“好好睡一觉，维姬！”她愉快地说。

唐纳家就像个宾馆，什么都有。维姬其实什么都不用带过来。

她钻进被窝，斯帕奇也在她的脚边找了个位置，惬意地入睡了。

春天。空气中洋溢着樱花盛开的香气。

维姬感受到了整个冬天久违了的清新，一下子觉得身体轻盈而舒畅。她背起包，迈着轻快的步伐。

所有人似乎都在微笑，维姬也向他们微笑着。面对她的笑脸，一个拄着拐杖、满面愁容的老妇人先是严肃地打量了她一下，随即也露出了拘谨的笑容。

一群孩子朝她迎面走来，他们踩着滑板，无拘无束地笑着叫着。还有一个牵着五条狗的男人，每条狗都往各自不同的方向拽着他，他费了好大的力才把它们拉住。

维姬到底要去哪里？她自己也不知道。放学了，她既没有回家，也没有去格罗丽亚那里。她的目的地是哪里？

不过她的双脚仿佛认得路一样。它们不需要命令，自动把她带到了一个地方。

维姬就这样来到了城市花园。

阳光下，人们三三两两地坐在池塘周围的长凳、草坪和大石头上，大家都在享受着阳光照到脸上的温暖。愉快的心情就像一朵快乐的云彩飘浮在他们头顶。

维姬的心突然剧烈地跳了一下，双腿走得更快了。小山顶上的废墟依稀出现在眼前。

她来这里干什么?

这毫无意义。这儿只会让她回忆起跟怀特在一起的那些日子。她已经不想再流泪了。

这儿曾是他们见面的地方。她和怀特曾经在这里度过美好的时光，然而它们转瞬间就成了过眼云烟。

废墟的前身是由粗糙的石灰岩建成的钟楼，历史并不十分久远。

沿着钟楼里面的旋转楼梯可以爬到一个观景台上。很多人不喜欢来这儿，因为钟楼现在已经沦为了公共厕所，气味不太好闻。

维姬从缺口处钻出来，四四方方的观景台被半人高的护墙包围着。

她来到护墙边，望着周围的树梢。针叶林就像一支支绿色的剑尖，耸立在仍然光秃秃的阔叶林之间。远处孩子们的欢声笑语随风飘送到她的耳边。

维姬好想大哭一场。

她为什么要来这儿，是想撕开那个旧伤口吗?

不，我并不想来这儿，绝对不。她想。

好痛。她只得闭上眼睛。任凭回忆一波波地袭来。

怀特迎风而立，白色的棉质衬衣轻轻飘动。衬衣敞开着，下面是一条浅色的牛仔裤。光着脚，和往常一样。

风轻轻吹动他的头发。

维姬甚至可以清楚地看见他宽厚有力的肩膀和高大的身形。

每次见到他时，维姬的心里都会出现两种互相矛盾的感觉，原来在回忆中也不例外：抑制不住的喜悦和阴森森的恐惧。她曾经以为这一切已经结束了。

现在又来了。

她慢慢睁开眼睛，感觉到心中的痛楚和眼中满溢的泪水。她的视线开始变得模糊。

哽咽扩散开来，她颤抖着，双手紧紧抓住护墙。石头制成的墙体摸起来冰冷而粗糙。

“维姬！”

够了。

她必须离开。立刻。维姬用手背使劲擦了擦眼睛。钟楼的台阶很滑，她不想让自己失足摔下去。

“维姬！”

是怀特的声音。低沉而柔软，曾经令她感到无比的熟悉和惬意。

不过，这只是她的幻想在作祟罢了。什么都没有。

“维姬！”他的声音充满恳求。

维姬屏住呼吸，望了望周围。

是他。站在观景平台另一端的正是怀特。她眨了眨婆娑的泪眼，想要看得更清楚。

是真的吗?

护墙和树梢清晰可辨。怀特的身形却很模糊，就像一张显影模糊的照片。

但是他在动。维姬向他走去，却被他伸手制止了。

维姬惊讶地停下脚步。

“怀特。”她轻轻地呼唤他的名字。

距离把两人远远地隔开。痛苦的渴望在维姬心中升起。她想靠近他，紧紧抱住他，脸贴着脸，鼻子碰鼻子。她要亲吻他。她只想感受到他的双唇，饱满的，柔软的，如此的温柔，带着他独特的味道。

“让我靠近你。”她恳求地说。

他举起手，犹豫着让她再过来一点，然而随即却再次阻止了她。

“为什么？”维姬几乎无法呼吸。她用力睁大眼睛，眼睁睁地看着他变得模糊起来。

他依然依靠在护墙上，而她则站在观景台的中央。她的身体前倾，向他伸出一只手。

怀特却毫无反应。

“你为什么这么做？”维姬喊道。

即使身体的每一个细胞都在催促她朝怀特奔去，她还是没有这样做。虽然不理解为什么，但她仍然尊重他的愿望。

“你怎么了？”她哽咽着说。

“维姬，请你让我离开吧。让我离开，我请求你！”他平静地说出这些，话语中满含疲倦。这不是怀特，不是维姬熟悉并深爱的那个人。

“如果你还是把我抓得那么牢，我就得不到安宁，维姬！”

“可是我已经不想再牢牢抓住你了。我要像一个正常人一样生活。我不想总是那么想你。我要自由。”说到这里，维姬觉得自己非常可怜。

怀特露出理解的微笑。“只有你才能让我解脱。沉浸到悲伤中去吧，深藏在你内心深处的悲伤。沉浸吧，维姬，深深地沉浸其中吧。”他缓缓地，仿佛催眠一般地说。

这时，维姬感到内心中有种东西在慢慢升起，让她浑身颤抖不已。它是灰暗的，几乎是黑色的。即使她看不见，也能感觉得出来。

这团黑暗充斥了她的胸口，又向全身游走开去。那是维姬曾经体验到的最深切的悲伤。那是引发了更多泪水的悲伤。眼泪流过她的脸庞，直到被风吹得不见踪影。

是因为风，眼泪才如此冰冷吗？

“悲伤和解脱的泪水才是冰冷的。”她听见怀特说，“不再有绝望的热泪了。让它们流出你的身体吧，从此不再让你负累，让你担忧。”

维姬从没有像今天这般痛苦过。她的哽咽越来越强烈。与此同时，如释重负的感觉却油然而生。她的胸口不再沉重，一股暖意从她的胸膛放射开去，逐渐蔓延全身。

她慢慢地抬起头，朝怀特的方向望去。

他只剩下一个浅浅的轮廓。

维姬好想告诉他自己有多爱他。她刚刚张开嘴，却发现怀特留下的那个影子举起了手。他的动作很明确。

维姬不禁一步一步地往后退，直到退无可退，即使她并不愿意。

她远远地看到怀特再次举起了手。他在告别。维姬知道，这是最后一次了。作为回答，她也犹豫地向他挥挥手。他们就这样站着。

她有多久说不出话来?

几秒钟?

几分钟?

几小时?

时间仿佛停止了一般。

他挥着手，她也挥着手。

“直到我们重逢那一天。”留下最后一句话，他就消失了。

“不。”维姬低声说，“不。”她大声地重复着，“不！”她用尽全身的力气喊道：“不！”

她的喊声惊跑了树上的鸟儿，它们用力拍着翅膀，飞向天空。

“不！”

9 用心去看

她的脸上湿漉漉的。一个软软的湿湿的东西在她的眼睛和鼻子上磨蹭着。

“下去，斯帕奇！”

这是格罗丽亚的声音。

那个湿乎乎的东西停住了。

维姬睁开眼，看到了灰蒙蒙的夜色。阴影中逐渐浮现出圆形吸顶灯和柜子的形状，还有格罗丽亚的脸庞，她正弯腰看着她。格罗丽亚把微凉的手掌放在她的额头。感觉很舒服。

“你刚才尖叫了。”格罗丽亚轻柔地说，“甜心，你梦见什么了？”

维姬坐起身，深深地呼吸了一下。她仔细地检阅着自己的内心。

有什么东西发生了变化。她的心里不再感到沉重和悲伤。心跳均匀而平稳。

“你梦见他了？”格罗丽亚问。

“他叫我放手，让他离开。”维姬低声回答。“然后他向我告别，他说：直到我们重逢的那一天！”

“好一个骗子，”格罗丽亚脱口而出，“他怎么做得出这种事？简直就像是给一个必须节食的人递上一块巧克力一样。”

维姬觉得这个比喻倒是很贴切。

“我如何才能把他忘记，然后再与他相见？”维姬低声说。

格罗丽亚钻进她的被窝，斯帕奇也在她们的脚边躺下，把头枕在维姬的小腿上。她们发现，它那蝙蝠一样的耳朵好奇地竖了起来。

“也许，他是指在他的世界。天使的世界。”

维姬点点头，对格罗丽亚说：“有可能。等我死了，我们终有一天会在他的世界相见。”

格罗丽亚用力抓住她的手腕：“你不会做傻事吧？”

维姬笑了。“不会的，别担心。”她把头靠在软软的床头上，“到那时，我还想再见到他吗？五十年，还是六十年后？我还能认得出他吗？”

“那时你早已不知爱过多少人了。”格罗丽亚故作轻快地说。她想让维姬开心起来，“对你来说他们才更加重要。至于怀特，他只好乖乖排在你的追求者队伍当中。最好排最后。”

“为什么‘最好’？”

“呃，因为……因为他给你带来了太多的困扰。”

“就算他会再出现在我的面前，可我怎么认出他呢？”维姬思索着。

“我知道怎样做。听着！我曾经去看过一出音乐剧，”格罗丽亚说，“跟爸爸一起——他总觉得我们需要这样的‘父女之夜’——所以他买了票。那出剧讲的是一个爱情故事。”

维姬叹了口气。

“我还记得那支歌。”她哼了一段优美的旋律，然后唱道：

相信你的心，

相信它之所见，

你的心告诉你的，

从不会错。

所以用心去看吧，

它会赋予你勇气。

“你的声音真美。”维姬得出结论。

格罗丽亚笑了。“你也这么觉得？你说，我要不要去修声乐课？我早就这么打算了。”

“去试试吧。”

“真的吗？”她激动地在床上扭来扭去，让维姬一下子想到了妹妹萨莉。“哈，我好开心，谢谢你这么说。”

“我还要谢谢你的歌呢。”

维姬在脑海中回味着歌词。

相信你的心，

相信它之所见！

用心去看，她一定能够认出怀特，一定，不管他戴上面具还是假发。她坚信。

斯帕奇朝她们挤近了一些，在床上艰难地摆出一个四脚朝天的姿势。格罗丽亚整晚都陪在维姬身边。

这让她好多了。

妮莎正在涂深紫色的指甲油。她聚精会神，仿佛在创作一副伟大的油画。

维姬注视着她。现在是周四下午，二人坐在妮莎的卧室里。斯帕奇则蜷缩在地毯上。

“还在生我的气？”维姬问。

“没有。”

“那为什么不跟我说话？”

“你不是把我当作泄密的人吗？”

“妮莎！”维姬声音好大，斯帕奇被吓得跳了起来，蝙蝠一样的小耳朵不住地晃动着。“妮莎，事情已经过去两个星期了。我也道歉了，还不够吗？要我给你跪下吗？”

“嗯，”妮莎瞥了她一眼，“这招也许管用，姑娘。”

维姬装模作样地从椅子上滑下来，跪倒在地。她绞着双手，夸张地祈求道：“哦，妮莎，我最珍贵的朋友，请宽恕我吧。”

妮莎想了一会儿，说：“听起来好假。”

维姬跳了起来，指着她的脑门说：“神经病。”

门铃响了，妮莎笑容满面地站起来，两只手在空中晃悠着，想让指甲油快点儿干。不一会儿，她领着罗布回到房间。

罗布的身材大概只有妮莎的三分之一。他穿着肥大的裤子和两件叠穿的T恤。

“屁股都快冻掉了。“他抱怨着。

“你得多长点儿膘在身上。”妮莎建议道。她旁若无人地亲了一下罗布的嘴唇，罗布却显得有些惊讶。于是她又亲了他一次，这次时间更久一点儿。

罗布不帅，他长着一对招风耳，头发永远乱糟糟的，脸上还有很多雀斑。不过这并不妨碍他是个特别可爱的男孩子。妮莎和他从暑假起就开始交往了。正如妮莎所说，他们从没发生过感情危机。

维姬相信，这一定是因为罗布什么都依着妮莎的意愿来。他崇拜妮莎，而且对她百依百顺。

“要不要跟我们一起温习数学，还是你全听懂了？”妮莎问维姬。

“我答应格罗丽亚，今天跟她一起把WWE的事情处理一下。”

罗布疑惑地看看妮莎，又看看维姬。“WWE？我们有这门课吗？那是什么？”

WWE其实是疯狂天使的缩写，她们俩当然不会告诉罗布。

妮莎故意跳过罗布的问题，转而对维姬说：“好吧，你们去吧！那儿恐怕都发霉长毛了吧。我就不去了，我的数学已经到了生死存亡的关头。”她指了指桌上堆放的课本和练习册。

“让我来拯救你吧。”罗布单膝跪地，伸出胳膊夸张地宣布。

“噢，妮莎小姐表示非常荣幸。”妮莎含情脉脉地配合他。

这时，维姬突然捂住喉咙，发出想要呕吐的声音。

“你是不是觉得我们俩很恶心？”妮莎敏感地问。

“没有，没有，”维姬连声说着，却仍然忍不住想吐，好像故意在跟他们俩开玩笑一样。

“这很好玩吗？”妮莎生气了。

“不是的。”维姬连忙用手捂住嘴巴和鼻子。

是死亡的气息。像一股巨浪席卷过她的身体。她几乎无法呼吸，弓着身子冲到了房间的外面。

妮莎跺着脚追了出来。

“你有点儿不对劲啊！”她生气地说。

“不是因为你们。”维姬保证。

妮莎狐疑地打量着她。“不是因为我们？那是因为什么？你不舒服吗？怎么那么突然？”

“对不起，我……也不知道。”维姬结结巴巴地说。

来到客厅，那种气味就没那么强烈了。

这意味着什么？维姬思索着。难道跟罗布有关？他碰见危险了吗？或者，他本身就是个危险？

“那个……罗布最近怎么样？”维姬小心翼翼地问。

“你什么意思？”

“问问而已。没什么特别的事发生？”

“没有。你为什么问这个？好奇怪。”

“没什么。”维姬回答。

妮莎往后退了两步。两只涂着浓重眼影的眼睛让她明亮的面容仿佛一下子变成了坚硬的面具。

“维姬，很抱歉，可是你现在简直让我毛骨悚然。你能不能让自己正常一点儿？这对你有好处。”

维姬知道，再多的辩解也是白费。

“我不想跟你吵架，妮莎。”她说。

“我没跟你吵呀，只是越来越看不懂你了。你变了，变得我都认不出来了。

说完，妮莎返回她的卧室，把维姬一个人留在空荡荡的客厅。

维姬转身走下楼梯，轻轻地关上门，沮丧地朝格罗丽亚家走去。在路上，她的手机响了，是西格弗里德打来的。

“洛维特太太找过我，她想跟我们谈谈关于狗的事。”

维姬低头寻找斯帕奇，它立刻开心地扑了过来。

“你说，她是想把狗狗要回去吗？”这个想法让维姬很不安。她越来越喜欢斯帕奇，无法想象没有它该怎么办。而且，斯帕奇似乎也已经接受了她，把她当作女主人。

维姬跟西格弗里德约好见面地点。为了让斯帕奇活动活动，她决定带着它步行过去。当她走到约定地点时，一辆红色的跑车刚好转了个弯，停在她的面前。维姬钻进车里，斯帕奇也跳进她的怀里。

“这次又怎么了？”西格弗里德用审视的眼神从侧面看了她一眼，问道。

“什么呀？”维姬装出一副漫不经心的样子反问。她当然知道他指的是什么。但是她又不能把闻到死亡气息的事情讲给他听。

“作为你的司机和一起照顾狗狗的伙伴，我很了解你。”西格弗里德说。

维姬越发不晓得说什么好。

“你打算保持沉默，让我自己猜吗？”

“猜吧。”这样维姬至少可以拖延一些时间。

西格弗里德往导航仪里输入地址。“跟妮莎有关？”

“是的！”

“她不肯原谅你？”

“你怎么知道？”

“格罗丽亚说的。”西格弗里德立刻招供。

“她怎么没跟我说呢？她明知道我去妮莎家了。”维姬惊讶地说。

“我妹妹最受不了吵架带来的火药味。在这种情况下她最喜欢采取的策略就是像鸵鸟一样：把脑袋埋进沙子里。”

维姬做了一次深呼吸。“现在格罗丽亚和妮莎都把我当作怪物。至少妮莎这么认为。”

西格弗里德笑出了声。“能不能帮我从杂物箱里拿张纸巾？我的眼泪都出来了。”

“很好笑吗？”维姬生气地哼了一句。

“要不要我教你一招，好让她们不再把你当作怪物？”

“好啊，快说！“维姬期待地望着他。

“那就不要做怪物！别做那些让别人把你当作怪物的事情！”

“就这样啊……”这个答案让人有点儿失望。维姬靠回椅背上，用手轻轻梳理着斯帕奇的毛发。西格弗里德的话不无道理。但是，真的那么简单吗？

“嘿，维姬，你们三个从幼儿园时候就认识了，其间吵过多少架了？”

维姬不由笑了。“你说得对。”

“会过去的，相信我，情况总会好转的。当然，你得先磨平你怪兽的尖牙利齿，它的确很讨厌。”

维姬朝他的胳膊打了一拳——使出的力气稍微大了点。“嘿，别再拿我开玩笑了！”

“要是我的胳膊被怪兽打穿了，你得负责！”他笑着回答她。

10
帮助杰森

他们刚按响门铃，洛维特太太就打开了门。她看上去比在医院的时候更瘦，脸上满是皱纹，眼袋也比以前变得更大更黑。她低声问候了维姬和西格弗里德，然后把他们请进了客厅，就是维姬上次透过露台窥见的那个房间。

整个房屋像死了一般。时间仿佛在这里停止了。连电视机或DVD播放机上的小灯都不见闪一下。

洛维特太太坐在他们对面的橙色塑料椅上。

“这些家具是我前夫选的。他喜欢这种风格，我不喜欢，杰森也不喜欢。”

“我的前夫离开我们有半年多了。非常突然。他有了新欢，于是抛弃了我们。杰森指责过他，甚至骂过他。从那时起，他们彼此再也没说过一句话。”

她自顾自地说着，却忽视了一直冲她摇尾巴的斯帕奇。斯帕奇只好蜷缩在维姬的面前，把小脑袋搁在她的鞋子上。

“杰森和我前夫曾经非常亲密，而我一直忙着赚钱养家。”她展开一条已经被揉皱了的手帕，擦了擦鼻涕，“他一手把杰森带大。对杰森来说，作为母亲，我远没有他的父亲称职。这一点我不得不承认。我很自责，因为是我默许了事态的恶化。”她尴尬地笑了一下，把一侧的头发向耳后拢了一拢。“我不该这么做的，否则杰森也不会如此绝望。可是谁能想到他竟然走了这一步？”

到目前为止，只有洛维特太太一个人在说话。待她停下后，西格弗里德和维姬对看了一眼。

他们该说话了吧？可是说什么呢？

“是他的一个朋友发现的，杰森曾跟他约好去打篮球。他听到了答录机的留言，所以赶来，叫了救护车。太险了，再迟一点点杰森可能就死了，起码昏迷不醒。”

“他现在怎么样了？”维姬问。

洛维特太太突然睁大了眼睛。维姬一下子明白过来，她犯了一个错误。

距离上次跟洛维特太太在医院电梯里的“诡异”相遇已经过去两周了，她竟然还记得。洛维特太太皱起眉头，盯着维姬。

“我是不是在哪儿见过你？”

维姬故作轻松地笑着说：“我觉得没有吧。”

“不，我们曾经见过。”

“在哪里呢？”

西格弗里德开口了：“您见过的是我吧，上次您回来的时候，正好我带着斯帕奇在这儿。”

“啊，是的，我见过你，当然。可能是我弄错了。这几个星期我都没好好睡过觉。”杰森的妈妈把手帕揉成一团，“他不愿意跟我说话。我去了疗养院两次，去看他，可他瞧也不瞧我一眼。”她停了一下，又说：“医生建议我把斯帕奇带去给他见见。杰森非常喜欢他的狗，这是他十四岁生日时的礼物。我不能养它，是因为我整天都在公司上班，现在经济危机，也没别的办法。留在我身边对斯帕奇也不好。我很高兴你们收养它。但愿它没给你们惹麻烦。”

维姬和西格弗里德连忙告诉她，斯帕奇乖得很。

“周六是探望日，但是我刚好要跟来自美国的老板开会。本来我可以带斯帕奇去见杰森的。”洛维特太太顿住了。

她的意图很明确。“你有时间吗？”维姬问西格弗里德。

他想了想，说：“我尽量吧。”

“如果您愿意，让我们带它去吧，反正也不远。”

洛维特太太自然非常感激，不过她愣了一下，问：“你怎么知道杰森在哪个疗养院？”

维姬又犯了一个错误！而且是她自己露出的马脚。她赶紧寻找补救方法。

“您不是经常去吗。所以它应该离得不远，不是吗？”

幸好洛维特太太相信了，她点了点头："开车的话要一个小时。"她站起来，取来纸和笔，用颤抖的笔迹写下疗养院的名字和地址。维姬知道，那是圣·阿尔班斯疗养院。幸好她刚才没把这个名字说出来。

"主治医生叫马丁·隆德，人很好，你们就找他吧！是他建议我这么做的。"她再次站起身——这是个送客的信号。走到门口，她又说："去完疗养院能给我打个电话吗？"她迅速拿出一张名片。从名片上看，洛维特太太是一家大公司的经理人。

斯帕奇没有跟洛维特太太告别，它戴着它的新狗链跑出了房屋，路过花园入口时，它甚至没有丝毫停留，而是直接蹿进了西格弗里德的车里。

离开的时候，维姬隔着车窗回头望了一眼这栋平房。这是她到过的最冰冷、最无生机的地方。

11
骗子

周五放学后，维姬迎来一个不速之客。在她走出教学楼时，贝尔梯突然出现在她的面前。紧身衬衣，鲜艳的皮衣，裤子松垮垮的。

贝尔梯摘下他宽大的墨镜，好像担心维姬没认出他一样。殊不知，他那黑色的猫王式卷发可是全城独一无二的。

“嗨，维姬！”他有些难为情地朝他挥手打招呼。

格罗丽亚用锐利的眼神打量他一番。“这就是你家那只狒狒吧？”她在维姬耳边悄悄地说。

“猜中了。”维姬也对她耳语道。

妮莎在学校里就已经跟她们告别了，因为她还要留下等罗布。如果她在，她的评价肯定不会像格罗丽亚那么低调。

贝尔梯用他特有的走路姿势，一扭一扭地朝维姬走来。“嗨，维姬！”他又叫了一声。

“嗨，贝尔梯！”维姬也跟他打了声招呼。她指指格罗丽亚：“这是我的朋友，格罗丽亚。这是贝尔梯。”

“你好。”格罗丽亚轻快地说，随即送上了一个甜美的、虚伪的笑容。

“我请你吃冰淇淋吧？”贝尔梯显得有点儿底气不足，这可是维姬从未见过的。她想了想，问：“格罗丽亚可以一起去吗？”

看得出，贝尔梯并不太欢迎这个建议。尽管如此，他还是强迫自己点点头：“当然，没问题。”

“我去好吗？”格罗丽亚低声问维姬。

“当然！”维姬答道。

他们穿过几条街，来到了“快乐格陵兰”。天气太冷，其实并不适合吃冰淇淋。春天的寒风迎面吹来。冷饮店里空无一人。柜台的玻璃后面，盛放冰淇淋的盒子几乎全是空的。

只有少数几种口味可选：巧克力，覆盆子，香草和核桃口味。

格罗丽亚冻得发抖，她用手环抱着自己。“我能点杯热茶么？”她恳求地问。

“当然，一杯茶，还是一杯热巧克力？”贝尔梯招手让服务员过来，后者正在柜台后面无聊地作着填字游戏。

他们三人全都点了茶。格罗丽亚还要了一份脱脂奶，一份红糖和一小撮肉桂。

“我总是有额外的要求。“她抱歉地耸耸肩。

“我也是。”贝尔梯笑了，他很高兴终于找到了共同话题，“我妈妈管我叫‘与众不同的贝尔梯’，因为我总是跟别人有不一样的要求。不过这不是什么坏事儿。如果想要什么，我会直接说出来。”

维姬再也忍不住了。“那么，你和普露交往，想要得到什么？”

贝尔梯震动了一下，仿佛被她踩中了雷区。然后，他像一个小男孩一样笑了起来。

“你的妈妈，她是个美好的女孩子。”他的声音充满信服。维姬不得不承认，他的话听起来很真诚。“她是我遇到过的最出色的女人。”

维姬用手指敲打着桌面。

服务员把三杯热茶端到他们面前，不小心用力过猛，杯子发出叮叮当当的碰撞声。

“普露的生意越来越好。新研制的向日葵洗发水又给她带来了一个大订单。她不能仅仅依靠家庭作坊式的生产了。你妈妈需要更大的空间来制作天然植物化妆品。”

维姬看着她，并不说话。这让贝尔梯有些慌乱。

“我帮她找房子，入股她的生意。她需要我这样善于交际的人。普露对钱和数字不太擅长，而这正是我的强项。”

维姬的手指敲得更快更响。

“你让你妈妈非常头疼，你太不听话了。”贝尔梯忍不住说了出来。

“不听话？”维姬大声地重复一遍。

“她并没对你做什么，我也没有对你做什么。可尽管如此，你还摆出一副我们欺骗你的样子。简直是无理取闹，做得对不对你自己心里最清楚。”

维姬定了定神，解释道：“不，这不是无理取闹。在你出现之前，妈妈跟我一直关系很好。现在她有了你，就完全忽视了我的存在。”

“你这个小丫头，简直胡闹！”贝尔梯的大手撑住桌面。“回家吧，否则普露不会同意我搬进来，跟她一起打理生意。”

“不！”维姬拒绝。

“我的天，普露怎么能受得了你。如果我是你的爸爸……”

“可惜你不是我的爸爸！”维姬打断他。

“我绝不允许你扰乱我们两个人的生活！”贝尔梯仿佛在极力克制着自己不要发火。

维姬能够清楚地感觉到格罗丽亚在发抖。她想起西格弗里德说过的话：不要火药味，不要冲突，不要争吵——这是格罗丽亚最大的愿望。

贝尔梯竖起食指威胁维姬：“听着，小姑娘，我受够了，我们走着瞧。”

维姬不为所动地迎上他的目光：“那就试试看。”她冷冷地说。

贝尔梯终于忍不住了，他跳起来，扔给服务员一张钞票，冲出了冷饮店。两个女孩透过玻璃窗目送着他的身影匆匆地消失在街道上。

“他是个骗婚的。”格罗丽亚尖声说。

“什么？”维姬还以为自己听错了。

“这种人只是看中了你妈妈的钱。肯定是的，我在四部不同的电影里见过，也有可能是五部。”

“格罗丽亚，你没开玩笑吧？”

格罗丽亚点点头。“这个男人不对劲儿。现在也只能希望你妈妈别为他心碎了。”

“只能？”维姬追问，“什么叫‘只能’？”

“金钱方面他已经下手了。”

维姬用手捂住脸。“我该怎么告诉我妈妈这个阴谋呢？她根本不相信我。”

格罗丽亚睁着蓝色的大眼睛望着维姬：“我很想帮你，可真的不知道该怎么做。”

维姬伸出手臂揽着她的肩膀：“你已经帮过我了，格罗丽亚，你已经帮我太多了。”

周六早晨，维姬呆呆地坐在床上。这是一幢宽敞的房子，是爸爸和他新妻子伊莎贝拉的家。

每隔一个星期，维姬和萨莉都到这里过周末。

维姬把头搁在膝盖上，胳膊环绕住双腿。她微微抬起下巴，朝窗外望去。微微泛红的霞光预示着今天将是阳光明媚的一天。

维姬从来没有像现在这样渴望住在父亲和伊莎贝拉的家里。

这时，格罗丽亚借给她的手机响了起来。维姬接起电话。

“昨晚睡着没有？”格罗丽亚同情地问。

“你怎么起那么早？”维姬反问。

“因为斯帕奇。我被它弄醒了三次，它要去花园，可跑到门口又来回打转，还对着露台的门狂叫一通。”格罗丽亚的声音里充满了绝望。

“它是想跟你一起玩。”维姬帮狗狗翻译。

“在这深更半夜？”

“已经七点了，格罗丽亚。”

“可今天是周六啊。七点，相当于周一凌晨两点吧。”

“让我和他说话！”维姬要求。

“跟斯帕奇？”

“不，我要跟西格弗里德说话。”

“不行哦。他昨天夜里不在家，肯定去他女朋友那里睡了。”格罗丽亚咯咯地笑起来，像极了萨莉听见别人发出不正常声音时的反应。

“我们今天要带斯帕奇去探望杰森。”

“那个穿着连帽衫的男孩子？”

“没错，就是他。我要不要打电话给西格弗里德，提醒他一下呢？”

格罗丽亚好像在思考。“算了吧，他会联系你的。”

其实，让维姬那么早就起床的还有另一个原因。

“你说，我该不该跟爸爸谈谈妈妈和贝尔梯的事？”

“唉！”格罗丽亚叹口气，“你能不能问我点儿简单的问题？比如说火箭发动机燃料的化学方程式之类的。”

“我自己也拿不定主意。”

“那就等等吧。”格罗丽亚建议道。

“就这么等着？”

“时间会解决一切的！”

“你怎么知道的？”

“在一本日历上看到的。”接着，手机里传来一声尖叫：“斯帕奇，不，别碰我的枕头！”只听格罗丽亚惊恐地叫道：“它在咬我的鸭绒枕头！我的房间下雪了！枕头被它咬破了！不要，斯帕奇！”

电话挂断了。

维姬看了一眼手机屏幕，然后把它放在床头柜上，起身下床。她套上浴衣，朝厨房走去。

让她惊讶的是，爸爸竟然也在。

“那么早就起来了？”她问爸爸。

“那么早就起来了？”爸爸笑着反问她。

早上爸爸的精神总是不太好，新冒出的胡楂在脸上连成一片阴影。

“要喝茶吗？刚煮的！”

维姬笑着用手握住茶杯，享受着温暖。水雾升腾到她的脸上，在这清冷的早晨，这种感觉真是舒服极了。

父女俩都不是很活跃的人。他们俩就这样坐着，一时间谁也没有说话。

还是克利斯·卡萨迪先开口，他问了几个关于学业的无关痛痒的问题。维姬回答得非常简短，因为她正盘算着其他的事情。

“维姬。”爸爸叫了她一声。他的语调令维姬不由抬起头来，觉得他像是要宣布什么大事。是好事还是坏事？维姬也说不准。

“维姬，我得跟你谈谈。”

听起来有点儿危险。

“是关于普露的。”

维姬立刻打起双倍的精神。她严肃地皱起眉头：“哦……妈妈怎么了？”她关切地问。

“我不知道该怎么说。”克利斯·卡萨迪站起身，在宽敞的厨房里不安地来回踱步。“她会认为我在挑拨你们之间的关系。”

“你也不喜欢贝尔梯。”维姬直截了当地说。

爸爸停下脚步，惊讶地看着她：“你怎么知道？”

“我们身上流着一样的血，爸爸！”

他松了一口气。“我很高兴你能这么想。不仅仅是……”

难道还有其他的原因？

“噢，你们在开家庭会议？”伊莎贝拉走进厨房，她的身上穿着一件及地的深红色睡衣，看起来像个女王。

“早上好，我的宝贝儿！”克利斯吻了一下她伸过来的脸颊。

“你好！”维姬说。

伊莎贝拉看看父亲，又看看女儿。“打断你们聊天了？我在这儿会妨碍你们吗？你们知道，反正我是不介意的。”

“我以为，我们已经停战了。”维姬说。

伊莎贝拉笑得很牵强。“是的，我们相处得不错。”

她们彼此对视了很久。然后，维姬点点头：“没错。我个人觉得这样再好不过了。”

“刚才我很抱歉。”伊莎贝拉为自己倒了一杯茶。“我应该让你们单独谈谈的。”她真诚地说。

“也许你留在这儿会更好。”克利斯建议。“关于贝尔梯，维姬和我们的看法差不多。”

“我并不想破坏普露的幸福，这点你要相信我。”她说，

“我是打心眼里祝福她的。但是那个人，他是个骗子。”

维姬交叉双臂，重重靠在椅背上。“格罗丽亚也这么认为。”

“她怎么会有这样的想法？”爸爸问。

维姬把她们在“快乐格陵兰”的不幸遭遇讲了一遍。

“我去接萨莉的时候，是那个贝尔梯给我开的门。”伊莎贝拉说，“我觉得他很面熟。”

“因为他看起来像个盗版的猫王吗？”维姬插嘴说。

伊莎贝拉摆摆手。“不，因为我的朋友曾跟我说过这么一个人。还好这不是她的亲身经历，而是发生在她的朋友身上。”她吞吞吐吐地说，“我知道，这听起来好像扯得有点儿远，但我的朋友非常肯定，那个人就是他。”

“一个骗婚的？”维姬问。

“对，而且骗财。他对那些爱上他的女人下手。”

在维姬看来，只有一个解决办法。“让你朋友的朋友跟我妈妈谈谈！”

伊莎贝拉悲伤地摇摇头：“很遗憾，这样不行，因为她已经去世了，得了很重的病。”

“普露最听你的，你们的关系一向很好。”维姬的爸爸插嘴说。

“现在已经不是这样了。她把贝尔梯看得更重！”说着，维姬觉得胸口仿佛插着一根刺。

克利斯分别抓住伊莎贝拉和维姬的手，紧紧地按在一起，就像达成了同盟一样。

12
消失吧

圣 · 阿尔班斯高高的灰色大楼看起来像是被诅咒了一般。维姬和西格弗里德穿过公园，行驶在弯弯曲曲的道路上时，远远地望见它好几次。

“昨天度过了一个美妙的夜晚？”维姬调侃地问。

西格弗里德立刻反应过来她在暗示什么。“是格罗丽亚泄的密吧？”

“泄密还是陈述事实？这取决于你看问题的角度。”

“瞧，那些古老的悬铃木。”西格弗里德指指窗外长着银色树皮的高大树木说。几乎每棵树下都摆放着圆形的长凳，到处都坐着穿着厚厚夹克的人们。一个护士用轮椅推着一位年轻女子。

“说呀，昨天怎么样？”维姬不依不饶地回到先前的问题。

西格弗里德屈服了，“呵呵，有时候那就像一种欲望。”

维姬吃了一惊。

“我无法停止，这种欲望可以持续好几天。”

维姬渐渐觉得这个话题过于私密了。不是她假装正经，而是西格弗里德从未对她说过这些话。

“你说什么？”除此之外她想不起来该说什么好。

“我只要一开始，就全心投入。而且跟奈尔一起会更加有趣。我没想到一个女孩子也像我一样喜欢那种事。”

“啊？”

“我记得我们俩只睡了几个小时，一直继续着。”

“西格弗里德！”维姬抗议地举起一只手，“求你了，我能想象得出。哦不！我根本没打算去想象。够了，别说了。”

西格弗里德露出窘迫的表情。“对不起，我以为我能够跟你谈谈这个话题。毕竟你也跟我聊了很多关于你的事。”

“但是不要跟我聊‘性’！”维姬脱口而出。

西格弗里德震惊地一脚踩下了刹车。他转向维姬，说：“性？”

“难道不是吗？”

“你以为我刚刚跟你讲的，关于我和奈尔……”他大笑起来根本停不下来。

“有什么好笑的？”维姬有点儿生气地问。

西格弗里德用拳头捶了捶方向盘，不小心碰到了喇叭，发出刺耳的声音。斯帕奇大叫一声，喉咙里发出不满的呜呜声。

“嗨，不许咬我。”西格弗里德警告它。他用手背擦了擦笑出的眼泪。

“维姬，我说的是H8！”

“那是什么玩意？”维姬感觉到自己的脸一下子红了。

“一款免费的在线游戏。H8是一个新的银河外星系，人们可以往那里移民。奈尔和我拥有一颗自己的星球，我们要负责建设它，并在上面繁衍人口。我们还负责保卫星球安全，照顾和保护星球上的居民。”

“H8！”维姬的脑海中划过一道记忆的闪电。她曾经在马可的电脑屏幕上见过这个名字。

“现在，我们在星球上已经拥有两座城市，五个村庄，统治着超过一百万的生灵。昨天夜里，我们建成了一个度假村，又成功地打退了潜伏在居民中的敌人的袭击。作为报复，奈尔立马占领了临近的一个星球，她很擅长玩这个。”西格弗里德没完没了地说着。

维姬看看手表：“开车吧！我们要迟到了！”

在圣·阿尔班斯附近，春天似乎还没有降临。草地上只是零星地散布着几个黄色的小点点，那是樱草花和水仙的嫩芽。

接下来的路上，西格弗里德仍在滔滔不绝地讲着他的

H8，让人有种错觉，仿佛那是真正的星球一样。

维姬不禁想起了马可。那天早上他一副萎靡不振的样子，一定跟西格弗里德这个家伙一样，通宵达旦地在玩H8。

他们终于来到了疗养院前面的小停车场。圆形的花圃中间，两个支架支撑着一块白色的椭圆形牌子，上面写着几个棕色的大字：圣·阿尔班斯。

前方灰暗的屋顶上矗立着几道高高的围墙和一座塔楼，所有转角的地方都装饰着老式的飘窗，巨大的尖顶拱窗，装饰得庄严肃穆。

一个穿着护士服的上了年纪的女人在门口等候着。她一看见维姬带着斯帕奇下车，立刻挥挥手，朝他们红色的跑车跑过来。

"欢迎你们。我是阿格涅斯护士，抱歉，隆德医生生病了，让我来接你们。"

她伸出手。

维姬用一根棕色的皮绳牵着斯帕奇，它的脖子上已经换了一个大小合适的项圈。这两样东西是她用自己的零花钱买的。斯帕奇嗅了嗅这里的空气，好像在熟悉这里陌生的气味。

"我带它去见杰森。"阿格涅斯护士有点儿不耐烦，她想让维姬快点儿把皮绳交给她。

"我们带它去会不会比较好？"维姬小心翼翼地问。

“不，让他贸然见到陌生人，我觉得这不是个好主意。他的情况很不稳定，让他的狗去就够了。其实我根本不相信这办法会有用，不过既然是隆德医生推荐的……”

护士小姐走到维姬面前。“我没那么多时间，这里人手不够，我还要照顾其他病人。把狗交给我，你们在这儿等着！最多半个钟头就可以了。”

维姬来不及反应，就被她夺去皮绳，拽着斯帕奇往里走。

斯帕奇个头不高，但力气却出人意料地大。它用四只爪子抵住地面，一步也不肯走。护士一点儿也拉不动它。

“它这是怎么回事？告诉它，它得跟我进去！”

维姬蹲下来摸摸斯帕奇，它竖起它的蝙蝠耳朵，稍稍摇了摇尾巴，开心地舔了添维姬的脸。

阿格涅斯护士看看手表：“我真的要走了，你们迟到了不说，现在又……”

“请您让我们带它去见杰森吧。”西格弗里德好声好气地请求道。

“不行！这里我们说了算！”护士盛气凌人地呵斥他。

斯帕奇突然变得不安起来。它拼命晃动着脑袋，没等维姬制止，就成功地甩掉了项圈的束缚，皮绳松垮地荡了一下，斯帕奇连跳几下，逃脱了出去。

维姬连忙呼唤它的名字，叫它回来，但是斯帕奇好像没有听见一样，消失在前方的房屋拐角处。

“斯帕奇，回来！”维姬大喊着，追了过去。

她的心里突然一紧。公园大得很，如果斯帕奇真的跑掉，也许就再也找不回来了。它很可能跃过公园低矮的围墙，逃离这里。维姬口中不停地唤着它的名字，一路追过去。

房屋的背面有一个宽敞的露台，离地面不太高，几个台阶就能上去。就像露天咖啡馆一样，露台上摆了几张小桌子，人不太多。

维姬松了一口气。原来斯帕奇沿着台阶跑上了露台。上面更容易抓住它。维姬三步并两步地爬上去，却在最后一个阶梯上脚底一滑，摔倒了。脚踝传来的刺痛让她不得不靠着石头护栏坐了下来，泪水涌上了她的眼眶。

她听见斯帕奇呜呜的叫声，于是又挣扎着站起来，随着声音看过去，果然在墙边的桌子旁发现了它。

桌边坐着杰森，半边脸对着墙壁，他仍然穿着维姬在医院见过的那件连帽衫。斯帕奇两只前爪搭在他的膝盖上，温顺地享受着主人的抚摸。一转眼，它甚至跳进了杰森的怀里。

维姬一边按摩自己的脚踝，一边远远地望着他们俩。杰森紧紧地抱住斯帕奇，直到它抗议地叫起来，这才松手。

疼痛渐渐减弱，维姬一瘸一拐地找到一张空椅子坐下，目光却始终没有离开杰森和他的狗狗。杰森的身体姿势清楚地表明，他不愿跟其他人，以及这个世界发生任何交集。

维姬坐在这个扇形露台的中间。这时，斯帕奇的目光越过杰森的肩膀，发现了她。

它突然大叫起来，挣脱了杰森的双手，跃过他的肩膀跳到了地上。

“斯帕奇，回来！”杰森叫道。他的声音沙哑无力。

狗狗却摇着尾巴跑到了维姬身边，开心地扭起了屁股。

“没事儿的。”维姬让杰森放心。她弯下腰，给斯帕奇搔搔痒。

杰森低下头，他的脑袋又被帽子遮得严严实实，面孔和眼睛都躲在阴影中。

“斯帕奇！”帽子里传来低沉的声音。

斯帕奇立刻转身跑到杰森面前，它的两只爪子抵住地面，汪汪叫了两声。又回到维姬面前。它就这样乐此不疲地在两人之间跑过来跑过去。

“你好！”维姬说，“我叫维姬，是我捡到你的狗，现在它由我照顾。我会尽力让它在我家过得快乐。不过，你一定很想念它吧。”

杰森没反应。只是沉默地盯着她。

“只要你愿意，我可以经常带它来看你。”维姬主动地说。

杰森的身体轻微地抖了一下。

“关于斯帕奇，有没有什么我该注意的？它有没有特别喜欢的东西，或者特别不喜欢的？”维姬慢慢地扩展话题。

斯帕奇跑到它原来的主人面前，停住了。它把爪子放在杰森脏兮兮的腿上，轻轻地挠了几下。让人出乎意料的是，杰森突然伸脚狠狠地踢了它一下。斯帕奇哀号一声倒在地上，却又立刻挣扎着跳起来，对着杰森狂吠。这是充满指责的叫声。斯帕奇左右晃动着脑袋，仿佛无法理解刚才发生的一切。

护士阿格涅斯从一扇敞开的玻璃门里跑过来。

“发生什么事了？”她问。

她轮番看看杰森和狗狗。这时，杰森突然跳起来，伸出双手把她推到一边，然后冲着斯帕奇大吼：“滚开！我再也不要见到你。消失吧！”狗狗呜咽地叫着，坐了下来。

杰森愤怒地撇下身边的护士，跑进了屋子里。

“我早说了这不是个好主意。”护士说。

维姬深吸一口气。不知怎么，对于杰森的爆发，她并没有生气。她觉得自己能够感受到杰森心底的那种绝望。她能够想象得到杰森的内心是多么灰暗。

不过她知道：杰森并不“邪恶”。因为他的内心仍然埋藏着温暖和柔软。她看出来了，就在他温柔地抚摩斯帕奇的时候。

“我下次再带斯帕奇过来？”维姬主动提出。

“看在老天的份上，别来了！它给病人带来了多大的刺激，你自己也看见了。”她的语气仿佛维姬带来的是个炸弹一样。

维姬想也没想，走到她的面前，取出她胸前口袋里的圆珠笔，态度强硬地问：“您有纸吗？”

阿格涅斯护士愕然地从口袋里掏出一个记事本，递给了她。维姬写下自己的手机号。“请您转告隆德医生，他可以给我打电话。”

“我会的。”护士接过本子的时候小声地说。

“谢谢！”维姬朝她笑了笑。她给斯帕奇重新戴上项圈。斯帕奇很乖，一点儿也没反抗。为了保险起见，她把皮绳紧紧地攥在手里，牵着斯帕奇离开了疗养院。

他是怀特吗?

在回去的路上，维姬一直在沉思。不过仍然她感觉得出，身旁的西格弗里德时不时地打量着她。

“刚才的会面不太愉快，是不是？”

“你看到了？”

“当然。我觉得你和斯帕奇也许需要帮助，所以就跟过去了。”

“我……我总是想起杰森，想起……我刚才看到的，他的内心深处。”维姬有点儿底气不足。

“你有透视眼吗？”西格弗里德微笑着说。

维姬看着他，他们的目光相遇了。她以前经常直视他的眼睛，但从未像此时这般深切。在灰蓝色瞳孔的衬托下，眼白也显得亮晶晶的。一时间，维姬竟无法继续说下去。

怎么会这样?

“你说‘看到他的内心深处’是什么意思？”西格弗里德刨根问底。

维姬从沉思中挣脱出来。“你没试过吗？就是突然有一种看透人心的感觉。”

“老实说……没有过。”西格弗里德遗憾地耸耸肩。“不过，在这方面我并不羡慕你。”

“也许只是我的幻觉罢了。”维姬搪塞地说。

“也许不是呢，你会因此而害怕吗？”

“也许我只是疯了。”

“也许是你的身上拥有太多超出你梦想范围的东西。”

“你指什么？”维姬一下子警觉起来。难道格罗丽亚最终还是把自己的事情告诉他了?

西格弗里德平静地继续说：“我的意思是，你是个非常独特的女孩。”

这算是赞美吗？维姬虽然很开心，但同时也不安起来。而西德弗里德正是这不安的来源。她从侧面仔细地观察着他，用眼角的余光——好叫他察觉不到。

“我们还要给洛维特太太打个电话，把这一切告诉她。”维姬打断了自己的特殊想法。

“放心。我已经打过了。”

怎么会有人一直如此细心、体贴？这不正常，维姬心想。她深深地注视着西格弗里德。他开朗，又有些鲁莽，喜欢冒险，又挺招人喜欢。

停下，维姬！她命令自己。你怎么可以喜欢上最好朋友的哥哥！他年纪太大了，另外他……

……跟怀特一点儿相似的地方也没有……？

维姬不禁毫无顾忌地盯着他。

他拥有同样宽阔的肩膀，头部的姿势也很像怀特——脑袋稍稍偏向一边，眼睛望着地面。

她的内心开始翻江倒海。这不可能。又或者……有可能？

她认识西格弗里德的时间几乎跟格罗丽亚一样长。他一直都很乐于助人，亲切可爱。不过之前他们从未像现在这样深深地理解对方。

这就是怀特向她预言的“再见”吗？难道他正透过西格

弗里德的眼睛望着自己吗?

但是，为什么之前她没有注意到这一点呢? 因为怀特那时还存在着? 在被黑暗骑士毁掉之后，他跑到了西格弗里德的身体里?

你是怀特吗? 维姬默默地问他。拜托，请告诉我，给我一点儿启示。你是怀特吗?

这时，西格弗里德突然踩下刹车。安全带收紧，将维姬稳稳地固定住。幸好，斯帕奇趴在她的胸口，被她用双手牢牢地抱住了。

他们重重地被甩进座位里。

周围突然安静了。

"发生什么事了?" 维姬的声音有点儿哑。

西格弗里德指了指旁边森林和道路的交界处。

"你没看见吗? 有一对小鹿刚刚跑过去了。我差点儿撞到它们。"

他在暗示什么吗?

或者什么都没有? 仅仅是个意外?

还是这就是她期待已久的启示?

一对小鹿。

维姬小声地喃喃自语: "怀特?"

西格弗里德还是听到了。他看着维姬: "白色? 为什么是白色的？白色的什么？[1]"

“没什么……”维姬吞吞吐吐地说。她苦笑了一下。

片刻之后，汽车抵达父亲和伊莎贝拉的住所。维姬不由得松了一口气。斯帕奇被西格弗里德带走了。

她好想把它留在自己身边。

睡不着。辗转反侧了大半夜后，维姬果断地从床上爬了起来。她凝望着屋里的黑暗。只有几许街灯的光亮透过窗户照进屋里。

她的心跳很快，汗水也流了下来。可是她并不觉得热。她无法忍受在这里继续待下去，于是下床披上一件浴衣。

收音机钟上的红色数字显示着凌晨一点半。深更半夜的，她该干点什么呢？看电视？到厨房去喝一杯加了蜂蜜的牛奶？或者——玩电脑？

伊莎贝拉的儿子吉尔伯特有一台电脑，而且这个周末他到朋友家去了。她知道他的开机密码。

不一会儿，维姬就坐在吉尔伯特的电脑前，打开了疯狂天使的网页。她输入一串密码，进入到只对妮莎、格罗丽亚和她开放的邮箱。所有的来信都存放在这里，等待她们的答复。维姬特别喜欢这个邮箱地址：goldstaub@

---

① 怀特（White）在英语中意思为“白色”。——译者注

wildwahnsinnsengel.com，金粉（Goldstaub）！她在学校为某些人所做的那些事，完全能够跟有魔力的金粉相媲美。

维姬点开收件箱，里面的第一封信就是马可写来的。她屏住呼吸，闭了一下眼睛，然后打开他的信：

疯狂天使们：

嗨！很遗憾还是没收到你们的回信。为什么呢？

我就是想问问关于辛迪的事，因为我一天比一天更加为她疯狂。她就是我梦寐以求的女孩子，我一定要约到她。她愿意跟我约会吗？

拜托，帮我找到答案，看看我的成功几率有多大。

马可

为辛迪疯狂？他怎么会突然爱上她？这一点儿也不像马可。在他去美国之前，他对辛迪毫无兴趣。辛迪对他也一样。

一般情况下，格罗丽亚会非常仔细地答复每一份委托，绝不会让写信的人久等，即使结果还没有出来，她也会及时告知对方。只有马可的信，直到今天她都没有回复。

维姬突然很想刺探一下马可的反应。

前面几封写给疯狂天使的邮件听起来不像是马可写的。

她实在无法想象，难道他完全变成了另外一个人？

这可能吗？

她开始打字。

马可：

嗨，抱歉这么晚才给你回复。疯狂天使们最近在执行一项长期任务。

关于辛迪，我们已经为你打探到了一些信息。不过，为了能够彻底帮助你，我们还需要你回答几个问题：为什么现在你觉得辛迪很迷人，之前完全没有感觉吗？你是“第二眼”才爱上她的吗？

我们一定会帮助你。不过，关于辛迪对你的想法，我们现在还不能用“是”或“不是”来回答。

疯狂天使

修改了两个拼写错误后，维姬把邮件发给了马可。

他会怎么回复呢？维姬很想知道。

她又点开另一封写给疯狂天使的电子邮件。

你们好：

嗨，我有一个很特殊的问题想问你们，是关于芭普的。她不来上课，成天在“寺庙”里混。

“寺庙”是一家迪斯科舞厅的名字。维姬曾经跟妮莎一起去过。但是她不喜欢那儿。孩子们去了那儿就只知道喝得烂醉。这个芭普，她怎么了？

我喜欢九年级的罗宾。不过每次我看他的时候，他的目光总是望向别处，大概对我没兴趣吧。

芭普说，她有一种魔药，能让罗宾爱上我。有些人把她看作女巫一类的人物。但“寺庙”里有几个人对她坚信不疑。她肯定用她的魔药撮合过不少人。毕竟，那些腼腆的人的确需要这样的好东西来帮助他们。

我也想买她的魔药。这药不贵，又能帮助我得到罗宾。可是不知怎么，我还是有些犹豫。

你们能给我一个好建议吗？

洛丽

这可能是疯狂天使收到的最非同寻常的邮件之一。该如何回复呢？

维姬不禁想起她的妈妈。每次萨莉发烧的时候，普露都将一条辣根切成小块，用绳子穿起来，给萨莉挂在脖子上。她坚信自然的力量，只有在真的很严重的情况下才会从药店买药来吃。

对于童话里巫婆的魔汤，普露也一度信以为真。

“所以你总需要别人的照顾，米姆什卡，”维姬在深夜里自言自语，“你不完全属于这个世界。”她在心里嘲笑自己。奇怪吧，作为半个天使，她竟然有这样的想法。

一记清脆的叮咚声，表明又一封邮件进来了。维姬很惊讶，现在是半夜呀。

看见发送者是马可时，她的心跳得更快了。

我喜欢她，因为你太可恶！

我喜欢她，因为你玩弄我。

我喜欢她，因为你只想着你自己，我喜欢她，因为……

我恨你！

13
深夜里的对话

这算什么？维姬全身的血液都涌上了脑门，身体时冷时热。他在跟谁直接对话吗？难道跟她？马可在对维姬讲话？

叮咚！马可又发来一封邮件。这次维姬花了不少力气，才将鼠标挪到“打开”的按钮上。

你在么，维姬？

维姬吓得一下子站了起来。他竟然知道她是疯狂天使。所以他才故意写了那些听起来很愚蠢、完全不像他所写的邮件？

叮咚！

我本来没打算发给你的。可是这就是事实。也许，只是……

他没写完。

我的老天！维姬想。他竟然知道！谁告诉他的？他也认识另外两个疯狂天使吗？他会不会到处乱说？

维姬不得不想到辛迪。她曾经暗示维姬和天使的关系。是不是她在学校里说了什么？

“维姬能跟天使说话，能看得见鬼魂”，辛迪怎么知道的？

马可！

但是他对怀特一无所知啊。不可能是他！

看来之前对格罗丽亚和妮莎的怀疑纯属无稽之谈。她根本不应该起这样的念头！

维姬在吉尔伯特的房间里一圈又一圈地徘徊。马可究竟知道些什么？她该怎么办？

叮咚！

我们能不能谈一谈？我想和你通电话。

在维姬看来这似乎不是个好主意，因为伊莎贝拉的睡眠很浅。然而打电话总比一来一回发邮件方便得多。于是她回信附上了自己的手机号，并嘱咐他几分钟之后再打。

随后她关上电脑，蹑手蹑脚地溜回自己房间，拿上手机，走进位于走廊尽头的客厅，并用两只手拉着门把手，小心地合上门，没有发出太大的动静。

爸爸和伊莎贝拉的卧室在走廊的另一头，萨莉睡在他们隔壁。把门关上，应该没人听见她打电话的声音。

手机响了。维姬怔了一下，按了接听键，并在沙发上坐下。

“嗨！”马可听起来很紧张。

“你好！”维姬答道。

接下来是沉默。

“我不恨你。”马可突然说。

“没事。”她还能说什么。

“你在听吗？”他问。

“我在听。你为什么知道我是……关于疯狂天使，你知道些什么？”

“我离开的日子里，你来用过几次我的电脑和我在网上聊天，期间你登录过你们的服务器页面。”

“你能够进入我们的登录页面？”维姬惊得倒吸一口气。

“我不能，因为我没有密码。不过你没有删除访问纪录，所以我能看到你访问过那些网页。像这样的内部网址一般只有网站管理者才知道。”

维姬不得不承认他的逻辑。谁叫她那么蠢。自己怎么可以愚蠢到这种地步？只能说，她不太适合玩电脑。

“而且，我妈妈发誓说，除了你之外没人碰过我的电脑！”

“你没告诉别人吧？还是已经跟辛迪说……”

“没有。”

“她跟我提到过天使，说我能跟天使说话……”

马可咳嗽一声。

“是你和她说的？”维姬紧追不舍。

犹豫了很久，马可才说：“在去美国之前，我偶尔跟踪过你几次。”

“你监视我？”

“我只想知道你在跟谁交往，为什么你爱他，而不爱我。”马可的声音听上去充满挫败和悔恨。

“你……你看到什么了？”维姬尽力压抑声音中的颤抖。

“你跑去看那座天使雕塑，去了好多次。是在那儿祈祷吗？远远看过去好像是这样。”

“你把这个告诉辛迪了？”维姬轻轻地问。

“因为你太让我生气了。我去了美国，你就完全把我忘记了。你只想着你自己！”马可越说越激动，“你根本没有在意过我……”

“我不是有意的。”维姬发自内心地对他说。

“可事实就是这样。”

“我向你道歉，真心地道歉。真的，马可，我不是有意的。”

维姬整个人躺倒在宽大的沙发上，盯着天花板。沙发的两个扶手上各放了一条柔软的羊毛毯。维姬拉过其中一条，盖在身上。她让自己蜷伏在这绵软的材质中。

“你还在听吗？”马可问她。他的声音突然变得胆怯起来。

“我理解你。但是马可……”维姬怎样才能向他解释清楚，她从来没有爱上过他呢？“我喜欢你，你是个非常棒的朋友。跟你在一起总是那么快乐。”

“但是有另外一个人，他比我更重要。他一定有什么特别之处。”

“为什么这么想？”

“自从有了他，你就像丢了魂儿一样。”

维姬的眼角开始发烫。她的确丢了魂儿——在她失去了怀特之后。

“我根本不想从美国回来。因为你太令我伤心了。后来，你好像又变好了，不过不知怎么，我总觉得不太真实。”

“你感觉到了？”

“是的，我感觉到了。为什么会这样？”

“你在玩H8吗？”

沉默。

“你怎么知道？你会读心术吗？”

维姬忍不住大笑。“不是的。”她对他说起那天早上她试图叫他起床的事。“你的裸体还挺好看的。”她取笑他。

“只给你看了，可你又不喜欢我！”

“你是说真的吗？”

现在轮到马可大笑。“不，开玩笑的。我在圣迭戈经常从事体育运动，克莱科，我寄宿的那一家的哥哥总是带上我一起运动。”

马可又讲了许多他在美国高中上学时的有趣的事。不知过了多久，维姬扭头看了一眼架子上的钟，已经是凌晨三点多了。

“我觉得我得再上床睡一会儿。”她说。

“好吧，睡个好觉。”

“你也是。”

“等一下，维姬。”

“嗯？”

“我并不恨你。忘了我的气话吧！你不搭理我的时候，我确实很伤心和愤怒。不过现在已经没有了。”

“我很庆幸。”维姬如释重负。

马可叹了口气：“你很快就会回家了吧？你走了，普露非常伤心。”

“是的，我会回去的。”维姬承诺。

“那我做饭给你吃。”

“嗯，我等着。”

“我还可以继续喜欢你吗？”

“你能喜欢我，是我的荣幸。”

她笑着挂断了电话。

14
迷惘

手机顽固地响了一遍又一遍。维姬睡得迷迷糊糊，伸手往床头柜上摸去，却一不小心没拿稳，手机滑落到地上。她叹了口气，又把它捞了上来。

她用沙哑的嗓音接听手机："妮莎还是格罗丽亚？不管是你是谁，让我继续睡觉。"

"我是马丁·隆德医生。"对方的语气平和，却又透着一分恳切。

"隆德？隆德医生？"维姬觉得这个名字好熟，她还没有完全清醒过来。

"我是杰森·洛维特的主治医生。"

"哦，是您！对不起，不过今天是周日。"

"现在已经上午十一点多了，我还以为这个时间打给你比较合适。"

"是的是的，只是……昨天夜里我没睡好。"维姬结结巴巴地说，"昨天的事情进行得不太顺利，我真的很遗憾。"

"进行得不太顺利？"隆德医生的声音听起来很诧异，"我从没见过杰森像现在这样好的状态。自打跟你和他的狗碰面之后，他整个人都变了。所以我才打电话问问你，能不能再来一次，最好就在今天。"

"我得先问问我的父母，还有西格弗里德，不知道他愿不愿意开车送我去。"

"噢！"这就是医生的唯一反应。

"一小时后我给您回电话，行吗？"

"当然，就打这个号码。"

维姬迅速往屏幕上扫了一眼，看见一行电话号码。“我会给您回电的。”

这时她已经完全醒过来了，并且心情激动。她来到浴室，以破纪录的速度把自己收拾妥当，然后走进厨房，爸爸正在里面看报。

“伊莎贝拉带萨莉去游泳了。”他向女儿汇报。

“谢谢你们让我睡那么久。”维姬一边说，一边为自己准备吐司和热茶。

“伊莎贝拉说你需要睡眠，因为你也许……”克利斯·卡萨迪顿住了。他表情尴尬地把报纸翻来翻去。

“我怎么了？”

“呃……她听见你的声音了，深更半夜，在打电话。”

“什么？”

“她并不是故意偷听，”爸爸急忙澄清，“不过她说，好像是关于一个男孩，还有失恋什么的。”爸爸的语速越说越快，似乎想尽可能快一点儿结束这个话题。

“失恋的是他，不是我。”维姬答道。说完，连自己都觉得这样听起来有点儿无情，于是飞快地改口道：“他是我的一个老朋友，很喜欢我。所以我们有必要把话说清楚。”

“原来是这样！”克利斯·卡萨迪松了一口气，结束了这个话题。

维姬把隆德医生让她再去一次疗治养院的请求告诉爸爸。“可以吗？你同不同意？”

“如果这样能帮助那个男孩，那么这就是一件重要的事，你去吧！”

维姬亲了亲父亲的脸颊。他还是那么值得信赖。

铃声一响，西格弗里德立刻接听了手机。那边传来街道上熙熙攘攘的声音，他带着斯帕奇正在散步。

“并不是每条街它都喜欢，可能因为有几条街对它来说没什么熟悉的气味吧。”他说。不过他立刻表示可以送维姬去圣·阿尔班斯，半个小时后就来接她。

天空中几朵灰色的乌云快速地移动着，时不时地遮住太阳。风凌厉地吹着。空气冷冷的，只有在阳光下的感觉还算舒适。

隆德医生在疗养院门口迎接他们。他跟维姬想象中的一模一样：头顶半秃，周围一圈深色的头发，圆脸，带着宽边眼镜，穿着一件休闲西装和一条宽松的灯芯绒裤子。

他看上去很严肃，不过这并不影响他态度的友好。

“我有点儿不能理解，”维姬承认，“因为昨天杰森踢了斯帕奇。”

“这是一种正常反应。”隆德医生温和地解释。

“为什么？”

医生犹豫了一下：“你是他的亲戚吗？”

“不是。我捡到了他的狗，并且收养了它。是不是啊，斯帕奇？”

斯帕奇用后腿直立起来，舔舔她的手，并动了动它的蝙蝠耳朵。

“我不能告诉你太多关于病人的情况，这得视你和他的关系而定。”隆德医生掏出一支圆珠笔把玩着。“杰森是个很特别的男孩，父母的离婚令他迅速成长起来。不过与此同时，那个感情上受到伤害的小男孩仍然存在于他心里，他不能理解他的爸爸，却很想让他回来。杰森其实感觉到了内心的分裂，正是这种分裂让他只看到一条出路。”

“可是，他昨天为什么要踢他的狗狗呢？”

“这可以说是他心里的小男孩留下的最后痕迹。长大的杰森不愿意面对这个世界，他不确定，也不相信他新形成的人格。”

维姬只希望他这次别再踢斯帕奇了。她下意识地朝西格弗里德望去，他正站在红色跑车的旁边，等着她。

风吹过他的头发。西格弗里德给了维姬一个鼓励的眼神。他的眼睛今天显得格外明亮。维姬的心里突然又浮现起那熟悉的感觉。

会不会是怀特借用西格弗里德的躯体回来找她？

斯帕奇不耐烦地叫了几声，拽着绳子往前走。

“走吧，杰森在图书馆。”隆德医生一边说一边打开大门。

这座房屋外部看来灰暗阴森，里面却非常明亮，反差极大。这不仅仅是因为房屋的窗户奇多，还得归功于屋里令人舒适的照明。此外，所有地板和墙纸都采用了柔和的黄色及橘色调。

维姬感觉到斯帕奇的身体蹭着她的小腿，它在用力偎依着她。或许是被这不熟悉的环境吓到了吧。维姬摸了摸它毛茸茸的小脑袋。

他们沿着长长的走廊几乎走到尽头，一路走来的墙上装饰着木质的护墙板。在一扇高高的、左右开合的白色大门前，隆德医生站住了。

“也许让斯帕奇单独进去比较好。”

“当然。上次斯帕奇也是自己跑过去找他的。”维姬取下斯帕奇的绳索。医生刚一打开半扇门，狗狗就把鼻子探进去嗅了嗅，跟着竖起了耳朵，呜呜地叫起来，一步也不肯往里走。

“它怎么了？”隆德医生问。

“我也不太清楚……”

“去啊，斯帕奇。”维姬示意它进到屋里。“去吧，去找你的主人！”可是斯帕奇就是不动。

“你跟着一起进去吧。”医生建议道。

维姬想起上次见面时杰森的表现。她带着几分紧张走进图书馆。斯帕奇见状立刻跟在她的身边。

高大的书架靠墙立着，上至屋顶，下至地板。架子上的书看起来古老而精美。维姬特别喜欢脚下那张柔软的地毯。高高的窗户前放着几把红色的皮质安乐椅。

一只修长的手从灰色的外衣袖子里伸出来，搭在椅子的扶手上。

“你好，杰森。”维姬先开口。她顿了一下，觉得自己声音太小，于是又打了一声招呼：“嗨，我带斯帕奇来……”

扶手上的那只手不见了。杰森站起身，走到椅子前面。他好像除了牛仔裤和连帽衫没有穿过其他衣服。帽子依然罩着大半张脸，不过从前面看并没有完全遮挡住。维姬看见一个光滑的下巴，它棱角分明，但同时也带着几分柔和。

杰森蹲在斯帕奇前面，伸出两手：“斯帕奇，到我这儿来。”他呼唤着。他的声音哑哑的，几乎在低语。斯帕奇立即摇头摆尾地把脑袋贴在他的手心上。男孩宠爱地抚摸着它，用手指轻轻地给它瘙痒。维姬站在大厅的中央，注视着眼前发生的一切。

“我叫维姬。”她终于再次开口。

“我知道。”杰森回答。

“你还记得昨天的事吗？”维姬小心地问。

“是的。”

寂静笼罩在屋里。地毯和书似乎吸收了外面所有的动静。维姬感觉到来自周围的压迫感。刚才她应该立刻走出房间，让斯帕奇单独跟它的主人在一起。

“我……去外面等。”

“别走！”杰森头也没抬地示意她靠近。维姬犹豫着照作。

“斯帕奇喜欢你，对不对？”杰森问。

这叫她如何回答？

“我并不是独自一个人照顾它，还有西格弗里德帮忙。”

“谢谢。”

杰森突然站起来，低着头走到维姬面前，把右手递给她。“我叫杰森。”

维姬握住他的手，它温暖而有力。

“我知道。”她微笑。

帽子里也传来轻轻的笑声。

杰森依然握着她的手，但并没有让她觉得不舒服。

维姬好想让他掀开帽子。但是她忍住了。

“谢谢你，维姬。”杰森温柔地摇一摇她的手。“谢谢你来这里。”

“小事一桩。西格弗里德开车送我来的。”

“你喜欢西格弗里德！”

维姬涨红了脸：“喜欢？那个……他是我的朋友格罗丽亚的哥哥。我……我……”

杰森还是没有松手。他说：“再来看我好么，维姬，拜托了。”

“当然，我会带斯帕奇来看你的。见到你对它也有好处。”

“但是你必须跟它一起来！好吗？”

维姬有点儿难为情了。“当然好了。你告诉隆德医生，让他打电话给我，然后我就来了。”

她无助地看了一眼自己的手。杰森仍旧没有任何松开它的意思。维姬的身体轻轻地抖了一下。先是寒冷的感觉，随后一股热流涌过她的胳膊，她的胸口，一直向下传递到脚趾。

她一下子陷入一种说不清道不明的迷惘之中。

两人再次沉默起来。不过维姬也没有开口说话的欲望，她只能就这么站着，握着杰森的手，以及……

以及什么？怎么了？这儿发生什么事了？

最终还是斯帕奇终结了这奇怪的场面。它站立起来，前爪搭在杰森的腿上，用爪子抓他，叫声中充满责备。杰森松开维姬的手，转而去安抚他的狗狗。

“一起去公园里走一圈？”他出人意料地问维姬。

维姬在犹豫，杰森马上觉察出来。

“你不愿意，是不是？你一定听说过我的事吧？是不是觉得我是个疯子？”他的怒吼让维姬不由自主地朝后退去。他依然垂着头，让人没法儿看清他的脸。

“不，绝对……没有！”维姬结结巴巴地说。

“算了！”他的声音苦涩而阴森。“反正我就是个傻瓜，一个天大的傻瓜。”他一个健步上前，重重地朝椅子腿踢过去。沉闷的撞击之后，椅子丝毫未动，杰森却蜷起身体倒在地上，捂着脚呻吟着。

维姬冲向虚掩的房门。

走廊里，隆德医生正抱着手臂来来回回地踱步。

“我想，杰森的脚趾一定骨折了。他刚才一脚踢在椅子上，只因为我没有立刻答应跟他去散步，所以他发火了。”

“不，这跟你没关系，是他的问题！”医生安慰她。他安抚地拍拍她的肩膀：“我来解决。你最好在这儿等着。”

医生走进图书馆的时候，维姬透过敞开的门看见躺在地上的杰森，他在哭泣。斯帕奇添添他的手，又把鼻子伸进了他的帽子里。

“我是谁？为什么不是一条狗？为什么非得是我？”维

姬听见杰森的悲鸣。

隆德医生在他身边跪下，小心地扶着他的胳膊，把他拉了起来。杰森把头靠在隆德医生的胸口，开始放肆地痛哭，他的样子很像萨莉跌破膝盖时的神情。

“哭出来吧，把一切都哭出来。”隆德医生用温和却坚定的声音对他说。

斯帕奇的身子抖了一下，朝维姬跑了过去。隆德医生越过杰森的肩头看到了，沉默地对她点点头，示意她这次探访只能到此为止了。维姬也点点头，给斯帕奇戴上项圈，穿过走廊朝大厅走去。

身后依然传来杰森的啜泣。

“走吧，斯帕奇！”维姬说。

它不安地来回轻跃着。

维姬大步走向出口。

刚才发生了什么？她有些困惑。

斯帕奇拖着维姬来到最近的一棵树下，它抬起一条后腿，撒了一泡尿。

西格弗里德看见他们过来，连忙下了车。“怎么样？”他带着疑问向她微笑。他的眼里再次闪烁着那种光亮，这让维姬想起了怀特。

她轻轻地问：“怀特，是你吗？”

“什么？”西格弗里德咧嘴笑了，“这是一个游戏吗？我是不是要用暗号回答你？”

“是的！”维姬机械地说。

“是什么呢？”

“如果你是，一定要回答‘是’。”

“我是什么？”

“怀特！”

西格弗里德笑出了声。“对不起，我无意冒犯，不过，你被他们带坏了吗？”他用下巴示意疗养院的大楼。

维姬脸红了。红得很彻底。她的脸颊火辣辣地烧了起来。

“忘……忘了我说过的话吧。”她飞快地说，然后抱起斯帕奇上了车。

好尴尬。她不该这么直接地问这个问题。

可是，万一他就是怀特，只是自己不知道呢？

西格弗里德发动车子。维姬整个人缩进皮质座椅里，做了一次深呼吸。

这一切让人觉得好迷惘！

15
误会

回去的路上，西格弗里德的手机响了。他按了免提键。

“维姬跟你在一起吗？”扩音器里传来格罗丽亚的声音，听起来很激动。

“你好，格罗丽亚，什么事？”维姬迎着风大声问。这辆红色的敞篷车性能和它的行驶噪音成正比。

“你今天一定要来我这里。妮莎有话要跟我们说。”

维姬皱眉：“你确定她想要我在场吗？”

“当然。”

“她不是开玩笑吧？”

格罗丽亚没有立刻回答。“喂，你了解妮莎的脾气。我们的妮莎就是个小魔女，她如果打算跳火坑，就一定会去跳。不过我们不能眼睁睁地看着她往里跳。”

“这是什么意思？她有什么计划吗？”

“我想是的。”

“是什么？”

“最好让她自己讲吧。”

“你为什么不告诉我呢？”

“因为我哥哥就在你身边。”

“我不听。”西格弗里德保证。

“那也不行。这是人家的隐私。”

“格罗丽亚，别跟我卖关子了！”维姬乞求道。

“对不起，等你听到，自然会理解我的。”

“等一下。她已经告诉你了？”

“不，她没有。”

维姬被弄糊涂了。“她没告诉你，但你却知道这件事，还要听她亲口说出来。我理解的对吗？”

“你能再说一遍吗？我没太听明白！”

“算了。”维姬看了看表。马上快到午饭时间了。伊莎贝拉和爸爸非常在乎全家人一起吃饭这件事。“我四点到。”

“太好了，妮莎也差不多这个时间来。”

“好，我准时到。”

“必须得来。除非这个星期剩下几天你打算去桥洞里过夜，或是去你爸爸家？”

“我会去的。”维姬向她保证。

格罗丽亚挂了电话，维姬这才注意到西格弗里德脸上的笑意。

“有什么好笑的？”

“你们真可爱。”西格弗里德说。

“可爱？”

“对你们这个年纪的人来说，世界完全是另一种样子。”

“哈，你说话的口气好像爷爷。”维姬笑出声来。

“那是跟你们相比。毕竟我比你们大七岁。”

“这很重要吗？我是说，其实我跟大部分同龄人不一样，对吗？”

红灯亮了，西格弗里德踩了刹车。车一停下，他就转过头，微笑着对维姬说：“你是一个非常独特的混合体，维姬。你的身上有一部分是青春少女，一部分是成年人，还有一部分是小女孩。”

维姬的心头再次浮现那个困扰她已久的问题。“西格弗里德，最近你有没有感觉到什么？我的意思是，你有没有变得跟以前不一样？”

“不一样？”西格弗里德再次发动车子，“大学里有人说我变乖了，不够放纵。”

“我是说你的内心有没有变化发生？”

西格弗里德皱着眉头把车停在路边，熄了火。

“听着，有些话我要诚实地告诉你，维姬，我必须跟你坦白。”

维姬的心开始狂跳。“你想说什么？”

“我当然有感觉。”

维姬的心几乎跳到了嗓子眼，汗也冒了出来。

“是有变化发生。不过重要的是我们怎么对待它。等到以后再后悔，那就晚了。”

“你是怀特？怀特 · 布赖恩吗？”维姬轻轻地说。

西格弗里德惊讶到了顶点。“你说什么？这跟白色有什么关系？布莱恩是谁？”

“你不是他？我还以为，你不是已经……所以我才那么肯定……”她觉得自己没办法继续坐在他的身边。

她松开安全带，伸出手臂想去感觉怀特，拥抱怀特。这个渴望让人难以忍受。她抓住西格弗里德的胳膊把他拉向自己。尽管觉察到他的抗拒，但她无法停止。

维姬把脸贴在西格弗里德的胸口，就像她以前跟怀特在一起时一样。他一定要回想起来！可是渐渐地，她开始意识到有些不对劲儿。当感觉到西格弗里德只是浑身僵硬地坐在那儿时，她松开了手，慢慢地直起身子。

她觉得自己好蠢。

她都干了些什么！

西格弗里德动了一下肩膀，身体紧靠在另一侧的门上。维姬根本不敢看他。

“呃，维姬，这正是我想跟你谈的。我不知道该怎么说……”西格弗里德不知所措地搓着双手。

维姬哑口无言。过了好一会儿，她才开始说话：“是关于我对你的……”

“是的！”他飞快地说。

长久的沉默。

“是真的吗？”

不，维姬爱上的并不是西格弗里德。她只是在他身上看到了原本就不存在的东西。

“维姬，我对你来说年纪太大了，而且我……”

“而且你并不爱我。”维姬帮他说完。

西格弗里德默默地点了点头。

维姬再也没法儿在车里继续坐下去了。透过挡风玻璃，她认出小巷的尽头正是豪普特大街。“就这样吧。我去坐公交车。”说完，她跳下了车。斯帕奇想跟她一起走，却被她一把塞回车里。她在人行道上飞快地跑起来，身后传来了开门声，以及西格弗里德的喊声：“维姬！回来！你站住！”但是她不想，也不能。

她刚才的举止太让人尴尬了，她恨不得钻进地缝里。

转一个弯，维姬来到宽阔的豪普特大街。因为是星期天，路上的车辆不多。她大踏步地向前走，迎面走来一家人，带着好几个小孩子。维姬不得不从他们之中穿过去。

“妈妈，这个女孩怎么这样走路呀？”一个小男孩问。

因为她做了很荒唐的事情，维姬默默地回答。她来到通往公园和墓地的那条窄窄的通道，转过弯便开始不顾一切地狂奔起来，一直跑到低矮的围墙边才停下来。她觉得肺里好像有一把火在烧，胸口也传来阵阵刺痛。保险起见，她回头看了一眼。西格弗里德并没有追来。

光秃秃的灰色树枝像森森白骨一样朝天竖立着。维姬渐渐缓过气来，穿过一座座已经塌陷的坟墓，走到亚兹拉尔的基座前。

在这寒冷天气阴霾的光线下，亚兹拉尔的雕像——他抬起的手臂，垂落的围巾，他的腿，他的臀，显得柔和多了。维姬叹息着绕着基座走了一圈，最后在他的面前停下了脚步。她谨慎地四下望了望，确认附近的确没有其他人在。

“我需要你的帮助。”她吐出几个字。

雕像头上原本灰暗的眼睛开始变成蓝色，闪烁着生动的光芒。

“发生什么事了，维姬？”

他的声音听上去也比平日温柔。

“我撑不住了，亚兹拉尔。我不知道该做什么。之前你一直在警告我，可我却不愿意听你的。”

“我虽然是个天使，但并不擅长读心术。可以告诉我，是什么让你如此激动吗？”

维姬弯下腰，双手支在膝盖上，开始讲述刚才的事。断断续续地，常常只说了半个句子就无法再接下去。但是亚兹拉尔的眼睛一直凝视着她，只是偶尔眨了几下。

维姬恳求地抬头看着他："帮帮我！我必须对怀特放手，我必须忘记他。"

亚兹拉尔温和地回答："你是必须放开他，维姬。但是你的回忆永远都在。发生了的事情，就是发生了，它会留在过去的黑暗之中。但是你的面前是未来光明的薄雾。光明的，但是仍然是薄雾。它可能会散去，变得透明，在每一个你意想不到的时刻。让你目瞪口呆的惊喜随时有可能发生。"

"惊喜？还是像这样的失望。太丢脸了！我表现得就像个白痴。"

亚兹拉尔摇了摇石头做的脑袋。"换种方式去看事情。不是提醒过你吗，你要放开怀特，而不是忘记他，也不是找一个替身，只是要你接受事实，过去你所认识的那个怀特已经不复存在了。"

"可是，他为什么又说我们还会再见？"

"这个我无法回答你。"

"亚兹拉尔，我是不是应该把我的名字从生死簿里划掉？是不是只有死去才能跟他重逢？"

"你想这样做吗？"亚兹拉尔眼神严肃地凝视着她。

“我不知道。不……我不想死。但是我想知道怎样才能再见到他。还是……这一切只是一个梦？只是我的愿望而已？”

“梦想和愿望是可以成为现实的。”

“没有用的！根本没有用！”维姬吼了出来。

“维姬，你想活着，你将会继续活下去。甚至可以说，你必须活着，因为你的面前还有很多事情，只能由你去完成。”

“但是我必须忘了怀特。”维姬流着泪说。

“放手吧，跟过去告别。不要奢求留住过去。别说你只是半天使，就是对一个真正的天使来说，这也很难做到。”

“每次在你面前哭的时候，我都觉得自己好傻。”

“为什么？我是你的朋友，一直都是，即使在你看不见的时候。”

“以及不听你话的时候。”维姬抽泣着说。

“没关系的。你必须对你自己做的事情负责，必须应对一切，而且你能够做到。你很强大，维姬，非常强大。”

维姬用手背抹去脸上的泪水。“强大。”她说给自己听，仿佛想把这几个字牢牢地记住。“我很强大。”

当她再次抬头看的时候，亚兹拉尔的眼睛已经变回了灰暗的大理石。

16

通往天堂的阶梯

“我很想知道发生了什么事情。”格罗丽亚一边问，一边把一个心形吊坠穿在一条金链子上。维姬坐在装饰着流苏的椅子上，紧张地左顾右盼。格罗丽亚站在她面前，像一个打算责罚学生的老师一样，居高临下地盯着她。“西格弗里德回到家的时候，像丢了魂儿似的。我了解我哥哥，别看他表现得没心没肺，但实际上却过分敏感（zart besaitet）。”

“过分敏感？”维姬疑惑地重复了一遍。

于是格罗丽亚陷入了自我陶醉之中。

“这是我在《爱的三次方》里读到的，讲的是一个所有人都觉得很傻的女孩和一个天才之间的爱情故事。这个天才成功地推导出一个公式，当然，这得归功于女孩对他深深的爱恋。天才临死的时候，留下了最后的遗言：如果没有我亲爱的露辛达，就没有我的成就。你们应该感谢的人不是我，而是她。”她的脸上洋溢着光彩，继续说：“女孩经常说她的爱人‘过分敏感’就像那些天价小提琴的琴弦一样。”

正在这时，房门被撞开了，妮莎风风火火地冲了进来。维姬发现，她充满一种原始的力量。当然，这跟她不羁的着装也有很大关系。她穿着大地色系的衣服，由层层叠叠磨旧的、看起来好像被撕碎了一样的布料制成。新染的黑色头发，眼睛和嘴唇涂着恶魔般的青绿色。最让人印象深刻的是她此时的姿势，整个身体挺拔而有力，脑袋急切地往前伸着，下巴抬起。这是她的朋友们从来没见过的。

“你怎么也在这儿？”妮莎的第一句话是冲着维姬来的。

维姬立刻站起来，生气地对格罗丽亚说：“是你说她想让我来的。”

“停止你们愚蠢的争吵吧！我受不了了！”格罗丽亚用手捂住耳朵，“我爸妈吵架的时候，我已经受够了，现在又轮到你们了。别吵了！别吵了！别吵了！”

维姬受伤地望着妮莎说：“我为我做过的所有伤害了你的事情向你道歉。我不是故意的，绝对不是。请你相信我！我还想做你的朋友，你对我很重要。你和格罗丽亚一直都是我最好的朋友……”她说不下去了。

妮莎大度地挥挥手。“忘了它吧。我早就原谅你了，也忘了那些事。而且，我有更重要的事情要告诉你们。”

妮莎关上房门，走了过来。每走一步，丰满的躯体外面披挂的“破布条”上下翻飞着。她骄傲地用手抚了抚衣服：“我妈最恨这件玩意儿，我爸也觉得它不好看，所以我更爱它了。我过生日的时候奶奶不是给了我一笔钱吗？我就用来买了这件衣服。”

她一下子躺倒在格罗丽亚那张宽大的床上，把席梦思垫子震得上下起伏。

“姑娘们，我要讲一件严肃的事情！”她宣布。

格罗丽亚的一根手指点在下唇上：“听起来很让人不安。你想说什么？”

“通往天堂的阶梯升级了。”

听到这个词，维姬轻轻地震了一下。

格罗丽亚从她房间的小冰箱里拿出果汁，又从对面的柜子里取出各式各样的零食，装在碟子里。维姬和妮莎在旁边默默地注视着她。不过很明显，妮莎已经按捺不住地想要把自己的新鲜事公布出来了。

“小姐，把那些玩意儿拿过来，然后请你坐下！”

“你说什么？”格罗丽亚一边问，一边把玻璃杯和碟子端到茶几上。

“给我坐下！”妮莎好像驯狗一样地命令道。

原本在女孩们之间钻来钻去的斯帕奇，立刻乖乖地趴在地板上。

“跟狗狗学着点儿！”

维姬在心里窃笑。她好久没看见妮莎如此好心情了。

格罗丽亚的沙发形状像一张接吻的嘴巴。她坐下来，疑惑地偏着脑袋。维姬仍旧坐在办公桌旁边的椅子上，把它当作旋转木马一样转来转去。妮莎则在两人之间来来回回地踱步。

“我们都记得‘通往幸福的阶梯’吧？”她开始发问。

“不记得了。”格罗丽亚怯怯地说。

“老天！小姐，我应该把你的脑壳打开来看看！”妮莎挥了一下手，然后站在她们俩面前，一个一个地数：“级别一：调情。级别二：牵手和接吻。级别三：爱抚加亲吻，不过更加热烈！”她指指自己的嘴唇。

“噢！”格罗丽亚用手堵住嘴巴。“我想起来了。你的梯子上好像不止这几级吧？”

妮莎带着邪恶的微笑点点头。“说得没错，姑娘。级别四：非同一般的爱抚。级别五：非同一般的爱抚加身体上的试探。”为了制造紧张气氛，她停了一会儿。

维姬清楚地记得级别六是什么。不过她并没有说出来。

“级别六：上床！”妮莎终于说出了那个词，就像捏炸一个气球一样。

“上床？”格罗丽亚尖声叫道。

“S-E-X——上床！”

“你是说真正的性行为吗？就像电影里的那样，摄像机隔得老远拍的……”

妮莎用手捂住面孔，装模作样地哀叹："小姐，你的世界里只有那些蹩脚的言情片子吗？我们在讨论真实的人生！"

"那你为什么跟我们解释这些阶梯？"格罗丽亚瞪大眼睛问。

"因为我正在实践中。"妮莎大声说。格罗丽亚惊讶地连话也不会说了，她的脸涨得通红，竖着眉毛问："你……你又上了一级台阶？"

妮莎胜利地点点头。"级别四圆满完成。"

格罗丽亚握紧拳头，像个小女孩一样坐立不安。"你已经在爬级别五了？彼此试探……""试探身体"这个词她无法说出口。

"已经完成了！"妮莎自豪地说。

"怎样发生的？"格罗丽亚连大气都不敢出地问。

"星期六全天直到今天中午，罗布都在我家。"妮莎说。

"你的父母难道一点儿也不知道吗？"维姬插嘴说。

"爸爸去打网球了，妈妈跟她那些女友们聚会去了。他们都在忙自己的事。"

"快把这一切向我们详细地描述一遍。"格罗丽亚好奇地说，"如何发生的？你们做了什么？你们是不是……"她咯咯地笑了起来，"……一丝不挂？"

妮莎却突然扭捏起来。“听说过‘个人隐私’这个词吗？”

格罗丽亚马上重新靠回沙发上，抗议地举起双手：“对不起，可是……可是我认识的人当中只有你已经……”

妮莎没理她，只是压低嗓音说：“我预感我们很快就要抵达第六级了。”

格罗丽亚尖叫起来。一旁的维姬则分辨不清自己的感受：替妮莎高兴？还是妒忌？

这时，房门被打开，西格弗里德把脑袋探了进来。他的目光让维姬心虚地害怕起来。

“噢，我的上帝！不要！”维姬用几乎听不见的声音感叹道。

尽管如此，维姬的话还是被背对着门坐的妮莎听到了，她自然而然地联想到自己身上，于是生气地对维姬说：“这就是你的评语？”

“呃，不……不是的……”维姬结结巴巴地解释。

西格弗里德皱了一下眉，也跟着结巴起来。

“维姬……你的妈妈……她打电话来，叫你……叫你回家。”

维姬只来得及简单地对他点点头。听起来不妙，发生什么事了？为什么妈妈突然要见她？但愿不是萨莉出了什么状况。维姬心里很自责，因为她最近都没怎么关心过妹妹。

“姑娘，你最好还是走吧！”妮莎语气不善地说。

维姬听到妮莎的话，深深地呼了一口气，然后扭头对妮莎说：“对不起，真的不是因为你。”

西格弗里德站在走廊上，背紧紧贴着墙站着，好像害怕维姬一样。维姬又一次转身对妮莎说：“妮莎……我们电话联系吧……我妈妈好像出事了。不好意思，还有……请你……我是说……”

“什么？”妮莎尖锐地追问。

西格弗里德像是观看网球比赛一样，轮流望着这两个女孩子。

“级别六……的确很棒。可是……我真的得走了。”

“好，你走吧！快点儿消失吧！”妮莎转身把房门从里面关上，留下维姬和西格弗里德还呆呆地站在外面。

维姬马上以最快的速度冲下楼梯，飞奔出唐纳家的别墅。

格罗丽亚住在一个高档小区，不过它位于城市的另一端。维姬不得不先坐公交车，再步行一大段路，路上至少要花一个小时。

普露怎么了？为什么打电话来？

这时，她听见身后传来脚步声。

维姬回头看看别墅门口，原来是格罗丽亚和西格弗里德。

“你们俩怎么了？”格罗丽亚用一种罕有的激烈语气质问道。维姬注意到，她正牢牢地抓着西格弗里德的上臂不放。

维姬迅速跟西格弗里德交换一个眼神。他的笑容显得尴尬而僵硬。

她的脑海里突然闪现出妈妈教给她的一条智慧格言：真相有时就像一场洗刷一切的雷阵雨，即使电闪雷鸣，但是雨水的冲洗过后，一切都会变得新鲜而平和。

于是她鼓起勇气，艰难地开口说：“我还以为西格弗里德就是我梦寐以求的那个人。格罗丽亚，他跟怀特有几分相似。”

格罗丽亚立刻用双手掩住嘴。“你不会是想说……”

“不，这只是我的‘以为’。西格弗里德人很棒，可是我感觉到他的内心仿佛被怀特……你懂的。这快把我弄疯了。”

格罗丽亚点头：“我能理解。”

“你们在说什么，我怎么听不明白。”西格弗里德小心翼翼地插进来。

“你不需要明白。就当没听见吧，我亲爱的哥哥！”格罗丽亚紧紧地拥抱了他一下。“女孩子之间有不能言明的秘密，并且让自己在男人面前永远是个谜。”

又是某部电视剧的台词，不过这一刻，谁也没有介意。

“能让我开车送你回家吗？”西格弗里德问维姬。

“你是我的救星！”维姬大喊。

“这就是我活着的意义！”西格弗里德笑着说。维姬好想也给他一个拥抱。只是眼下这个时刻，还是不做为妙。

17
吻

“我就是一只愚蠢的母鸡！”普露用力吸一吸鼻子，又用手帕擦擦发红的眼睛。

维姬陪她坐在厨房的小桌子边，胳膊环绕在妈妈瘦削的肩膀上，满怀同情地搂着她。

“所有人都知道，却没有人提醒过我，他们就眼睁睁地看我一步步走向灾难。”普露望着天花板，目光划过上面三条长长的裂缝。“宇宙啊，你为什么这么严厉地考验我？为什么让我遇见这样一个男人？”

她得不到回答。维姬知道。

“米姆什卡，现在我们应该想一想还有什么能做的。”她小心翼翼地提醒妈妈。

普露穿着一件已经磨旧了的针织外套。她慢吞吞地从外套口袋里掏出一块水晶，在指间把玩着。

“爱与宽恕是唯一的办法。我要做的就是治疗他，让他从可怕的欲望中解脱出来。”

“不！”维姬几乎喊叫起来，把妈妈吓得浑身一震。

“我必须这样做，我的小天使。爱是我们拥有的最强大的力量。没有什么比爱更能够改变一个人。”

维姬受够了！

“妈妈！”她的语气坚决。一般只有在情况很危急的时候，她才会用这种口吻跟母亲说话。“妈妈，你的贝尔梯卷跑了你从银行借来的钱，那是你用来拓展天然化妆品事业的钱，有了它，你终于不必每天这么辛苦工作了。可现在贝尔梯偷了你的钱去赌博。你不是说他全都输掉了吗！全部！可是给银行还钱的人却是你！你拿什么去还？你为什么还要原谅他，还要爱他？妈妈，这太疯狂了，原谅我这么说，你简直是疯了。”

普露·卡萨迪站起来朝冰箱走去。她用颤抖的手从冰箱里拿出一个水壶，为自己倒了一杯浅蓝色的饮料。她管这叫“女巫之水”，由普通的水和一种从她的朋友那儿买来的粉末混合而成。喝完一杯后，她又立刻倒了第二杯，同样也是一饮而尽。

“我……我的话伤到你了吗？”维姬怯怯地问。

普露缓缓地答道：“即使我知道，我安然地存在于这个宇宙——因为一切都有它自身的意义，但有时候我依然觉得自己孤独地要死。”她转身望着维姬，“我之所以向你倾诉，是因为你——我的阳光——你已经长大了，大到能够理解这件事。你的米姆什卡常常寂寞地想要哭泣。贝尔梯对我来讲就像神赐的礼物。他帮我重新感受到自己的活力。尽管我那么那么的爱你们，我的女儿们，但是你们取代不了他带给我的一切。我故意闭上眼睛不去看贝尔梯黑暗的一面，是因为跟他在一起的时光太过美好了。”她苦涩地笑起来，“你的米姆什卡是一只愚蠢而天真的小母鸡，维姬。”

维姬紧紧地抱住了妈妈。母女俩在傍晚的厨房里静静地相拥了很久。暮色已经降临，初春料峭的寒风在厨房外面呼呼地吹着。

“贝尔梯现在人在哪儿？”维姬轻声问。

普露耸了耸肩。

“你不知道？”

“不知道。可是他会回来的。”

维姬才不信呢。

“他向你承认过钱的事吗？”

“没有。”

“什么？”

“我知道他以前好赌。而且现在钱不见了，只有他知道我藏钱的地方。”

“藏钱？”维姬后退一步，抓住妈妈的肩膀，不可置信地看着她的脸，“你把所有现金放在家里？”

“是的，我不相信银行。你知道的，银行里面存了太多的钱，这样的地方只会招来贪婪和邪恶。这笔钱能让我的工作结出硕果，我想用幸福和快乐温暖它。所以就放在我身边了。”

有时维姬真的觉得最好的办法是把妈妈像斯帕奇一样用绳子拴起来。

“也许钱还在贝尔梯身上，没有被输光。”维姬安慰她。

普露伤心地摇摇头。“我为今天占了一卦，星相显示会有很大的损失。一定是他把钱全输光了。”

“米姆什卡，我重复一遍：你只知道钱没了，除此之外什么也不知道，对吗？”

“是这样的，我的阳光。”

“你给贝尔梯打过电话吗？”

“他不接，我也没法儿给他留言。”

“听起来很像携款潜逃。”

“不过我原谅他。我不愿意心怀仇恨，这会让我的心暗淡无光。”

“妈妈！”走廊里传来一声呼唤和关门的声音。萨莉跑进厨房，身后跟着马可。“我吃了巧克力，新鲜的巧克力。马可是世界上最棒的烘焙师！”萨莉崇拜地说。她不仅脸上到处都是巧克力，连小衣服也被弄脏了。

“你好。”维姬微笑着向马可打招呼。

马可不好意思地低下头：“晚上好。”

“谢谢你给萨莉烘焙糕点。”普露说，“善良的天使会比以前更加关照你的。”

“没关系，我很乐意这么做。”马可回答道，“不过我得走了，去找足球队的那帮家伙们。”

维姬把马可送到大门口。

“忘了告诉你，我最近总是躲着辛迪，她好像很受打击，所以逢人就讲天使什么的，不过没人明白她在说什么。”马可说着，会心地朝维姬眨眨眼。

“我早就料到她没那么单纯。”维姬也笑了。

普露忙着料理萨莉，于是维姬上楼回到自己的房间，从里面锁上门，在床边坐下。她有多久没回来了？房间都显得有些陌生了，闻起来有一股尘封已久的味道。

维姬闭上眼睛，想着贝尔梯，想着他猫王式的卷发和络腮胡子。她很想去到他的身边，但同时也知道，要想使用天使之力，必须满足一个条件。

那就是她必须真心想要帮助贝尔梯。

即使她受不了他，即使她恨不得马上叫警察抓了他，即使她不愿意妈妈和他在一起。

她也必须帮助他。

帮他什么呢？维姬思索着。

也许，帮他戒掉赌瘾？

不，这有点太过了。或者，她可以帮助他赔偿妈妈的损失。

但是，他愿意吗？

最后，她只能想到帮他做一件好事。这总能办得到吧。毕竟“做好事”是个很宽泛的概念。

于是她在心里默默想着贝尔梯，然后许愿到他的身边。她的眼皮变得越来越沉重，她觉得好像被什么东西大力挤压着，一股看不见的力量拉着她往天上升去，她感觉到风温柔地抚摸着自己，凉凉的。

她继续融入太空的黑暗里，朝着圆盘一样的月亮飞去。

但是贝尔梯不可能住在月亮上！怎么会这样？她发生什么事了？维姬试着在脑海中回想贝尔梯的面孔，也许她刚才注意力不够集中？

贝尔梯长什么样？维姬却怎么也想不起来。她的脑海里只浮现出一张空白的脸庞，其他什么也没有。

她突然明白到底发生了什么：那张空白的脸庞就是月亮。她在心里默默想着的原来是月亮，所以才把自己送去了月球。

怎样才能回去地面呢?

为何她忘记了贝尔梯的面容?

维姬好想大声呼救，但是谁又能听得到呢?

不，我必须回去！她在心里呐喊着。维姬觉得自己好无助，好绝望。

这时，她面前的月球表层突然开始变形。那些在地球上也望得见的火山口飞快地移动着，组成了一个新的图案。

一张脸。

一张维姬拼命想要忘记的脸。

那是怀特，他正望着维姬，严肃中带着少许悲伤。他慢慢地偏了偏脑袋，露出一丝微笑。

那笑容像针一样刺痛了维姬。

难道她一直在想着怀特?

一切都是那么的古怪，让人无从理解。

“我想回去。”她低声恳求，“请你帮帮我！”

怀特闭上眼睛，又再次睁开。除此之外他没有任何反应。

“怀特，救救我，救救我！”维姬急切地说，“你可以的，求求你！”

他张开嘴唇。“一个吻就可以让我解脱。”她听见怀特说，声音很轻，却非常急迫，“只要一个向我证明真爱的确存在的吻！”

“我不懂你在说什么。我也吻不到你！”维姬结结巴巴地说。

难道要她去亲吻月球吗？

“直到我们重逢那一天。”怀特轻轻地说。又是那句话！维姬快被它弄疯了。

“我们在哪儿重逢？”她朝他喊道，“告诉我在哪儿！我想知道！你必须告诉我，快说呀！”

可是不知怎么，她的声音却在嘴边堵住了。怀特的面容渐渐消失了。

泪珠从维姬的眼里纷纷落下，好像决了堤一样。她觉察出脸上的湿润，于是用手背去抹，却无济于事。她的视线变得雾蒙蒙的，月亮和点点的星光也渐渐成了一块块模糊的光斑。

怀特为何会再次出现？熟悉的痛楚又来了，剧烈而钻心。

眼泪似乎也感受到她内心的悲伤，流得愈发肆无忌惮。

正在这时，她的心里突然涌上一股强烈的解脱感，身体变得越来越轻，所有的肌肉都松弛下来。令人舒适的轻松感油然而生。

而这正是能够带她回到地球的力量。或者说，它至少具备同样的功效。

现在，她必须去贝尔梯身边。她重新想起妈妈被偷的钱，以及贝尔梯的面容，络腮胡子和猫王一样的卷发。只是……维姬的脑海中再次自动浮现出月亮上那张怀特的脸，它逐渐远去，慢慢消失在无尽的远方，悲伤也随之不见了。

18
假象

还有比这更奇怪的事吗?

维姬望着眼前的黑暗。墙上闪过一条一条微微的红光，她太熟悉不过了，这是外面的街灯透过窗户投射进来的光影。

这是卡萨迪家，她自己的房间里。

“你就这样看我的？”下面传来说话声。

刚才经历的一切，大概只是个梦吧，她只是睡着了。让人惊讶的是，刚才睡着的时候，她既没有倒在床上或者靠着床边，而是就这么直挺挺地坐着。

算了，没时间想那么多了。楼下有人在大声地争吵，传来贝尔梯的咆哮声。

“你以为是我偷了你的钱？你把我当作一个小偷？”

维姬跳起来，伸出手摸索着走到门前，颤抖着打开房门。

“你和你女儿，你们都疯了吗？你们这帮蠢女人！”

够了！维姬扶着楼梯栏杆，一步三级地飞奔到楼下。

贝尔梯笔直地站在过道里，涨红了面孔，浑身上下颤抖不已。

普露跟他面对面地站在厨房门边，萨莉躲在妈妈身后，从她的腿边探出脑袋往外看。

“我只想做个好人，让自己变得有用。”他接着吼道，“而你们却认为我偷了你们的钱。你们为什么不报警，让他们把我抓到监狱里去？我告诉你，普露，我已经进去过一次，而且我发过誓，再也不会回那个地方了。”

由于他一直在怒吼，维姬也只好朝他大叫：“别吼了！你没看见萨莉很害怕吗？”

贝尔梯垂下头，像个被老师责骂的小学生。

萨莉又探出长满卷发的小脑袋：“贝尔梯是不是一只吼猴[①]？”她怯生生地问。

---

① 拉丁美洲丛林里的一种猿猴，吼声异常巨大，因此得名。——译者注

贝尔梯突然向她走去。普露保护性地伸手护住萨莉。贝尔梯跪下来，张开怀抱。他欲言又止，艰难地搜索着词句。

“是的，萨莉，我是一只吼猴。”说着，他试着模仿猴子发出的声音，听起来很滑稽，却充满无奈。萨莉被逗得咯咯笑起来。她挣脱普露的手，朝贝尔梯跑去，像抚摸狗狗一样摸摸他的头，说：“吼猴好可怜，吼了那么久。没人爱你啊，吼猴好伤心。”

贝尔梯发自内心地说：“是的，没人爱我，除了你，萨莉。因为你知道我不是小偷。”

普露抬起手，却又放下了。她想说话，却不知说什么好。

维姬必须解开这个谜：“那个去世的女人是怎么回事？你是不是承诺过要娶她？是不是拿了她的钱？”

贝尔梯的热血再次冲上脑门。不过他看了一眼萨莉，随即强迫自己露出一丝微笑，尽力克制着自己说：“谁告诉你的？”

这回轮到维姬脸红了。她所知道的唯一的答案是：伊莎贝拉的朋友的朋友。

“向你们解释一下吧。”贝尔梯抱着萨莉站起身来。她轻挠着他浓密的胡须，又把头靠在他的肩膀上。“那个女人叫莱奥尼，我爱过她。我们认识的时候，她已经疾病缠身，而她那显赫的家庭从那个时候就开始为她的遗产争吵不休。

后来，莱奥尼把她名下的一栋房子和一些财产赠给了我，因为我一直陪在她身边，直到最后。在她去世当天，我就被她的亲戚们告上法庭。他们千方百计地找来各路律师，想要回莱奥尼赠与我的财产。最终我得到的那些钱全部用来打官司了。就这样。”

普露抬头望着上面：“亲爱的宇宙，谢谢你。”她轻声说，“我就知道是这样，我用我的心感觉到了。”

维姬却没那么容易相信贝尔梯的无辜。“米姆什卡所有的积蓄都不见了，所有的！而且你喜欢赌博，这是事实。”

“那已经是过去的事了。”贝尔梯回答。他的怒气变成了沮丧。“自从认识普露之后我就没赌过了。可是你们所有人好像只想把我当作小偷来看。普露，这样下去我们永远不会有结果。你的女儿瞧不起我，你也怀疑我偷了你的钱。报警吧！我反正没什么可藏的。”

不管怎么样，连维姬也承认，他的话听起来的确十分真诚。

“问题是：钱到哪儿去了？”她轻声问道。

“我比你们都有钱。”萨莉突然骄傲地大声说。

她不停扭动着身子，贝尔梯只好把她放下来。她跑到普露身边，拉起妈妈的手。“我比你有钱。我需要一个那么那么那么那么大的钱包！”萨莉用胳膊比划出旅行箱的大小。

维姬突然灵光一闪："萨莉，你把这么多的钱放在哪里了？"

萨莉狡猾地笑了。她对维姬弯了弯食指："跟我来！"然后，她带着姐姐来到二楼普露卧室旁边的房间，那是萨莉的儿童房。萨莉肚皮贴地，爬进她的床底下，在众多的毛绒动物和到处乱堆的玩具之间开辟出一条道路。

普露和贝尔梯也来到门口，望着萨莉从床底伸出来的瘦瘦的小腿。

"使劲拉，使劲拉！"萨莉扑腾着小腿求助。维姬上前帮忙把妹妹拽出来。萨莉手里紧紧地抓着什么东西——那是一根带子。一只红蓝条纹的手提袋被拖了出来。

普露忍住没尖叫出来。她在两个女儿身边跪下，试探性地拍了拍袋子，发现里面满满的。于是她打开手提袋，把手伸了进去。当她把手拿出来的时候，指尖赫然抓着一扎钞票。

"你为什么拿这个，萨莉？这样的行为很糟糕。"维姬责备她。

萨莉摆出一副被冤枉的样子："它就摆在我的房门口呀，我怕强盗来抢，所以才把它藏起来。"

"在你的房门口？"普露的脸色一下子放晴了，"你说得很对，我的宝贝。是我把它放在那儿的。"她安慰地摸摸萨莉的脑袋。

贝尔梯靠在门框上，双手抱在胸前。

“现在我可以走了。”他轻轻地说。

“不！”普露跳起来，“别走，贝尔梯。”

维姬也站起身来：“我很抱歉，非常非常抱歉。”

“如果你们不信任我，那么我们以后还怎么相处呢？”

普露微笑着。这样的笑容维姬只见过很少的几次。“用爱，贝尔梯，用真诚的爱。”她踮起脚尖，吻住了他。

接下来的一个星期充斥着各种考试和测验。维姬、妮莎和格罗丽亚虽然在学校能够碰面，但除此之外她们就再没有时间好好聚一聚了。

维姬回到了家里，与妈妈、妹妹和贝尔梯同住。在维姬看来，他好像变了，行事低调，并且不遗余力地支持着普露的事业。

星期六，维姬应邀去格罗丽亚家吃午饭。妮莎也说要来。餐厅摆放着一张长长的桌子，其中一端铺了白色的桌布，上面摆着一束只在春季盛放的花朵，还有精致的盘子和银质的刀叉。阳光透过高高的窗户射进来，在木地板上投射出几个长方形的光斑。格罗丽亚一边享受着温暖，一边等待妮莎的到来。

“我们必须赶快处理一下关于疯狂天使网站的事情。”

格罗丽亚神情有些担忧，“最近一段时间我们实在是疏忽了那些求助于我们的人。”

维姬只能承认她说的是事实。

格罗丽亚跑上楼，拿来一台极为轻薄小巧的笔记本电脑。她把电脑放在餐桌上打开。

“你听好了！这是我今天收到的，”她输入几个字符，然后朗读道：

> 嗨，我不知道该怎么说，她愿意，我也愿意，只是，我很害怕，害怕……

“然后呢？”维姬问。

“没然后了。就在这儿结束了。”

“名字呢？电子邮件地址？”

“什么都没有。”

“那就删掉好了。”

格罗丽亚轻轻叹一口气。“这样的留言总是让我充满担心。另外一封却让我恐惧。”她点了几下鼠标，又找出几封来。“这是关于一个卖‘爱情魔药’的女孩，她叫芭普。”她大声地念出来：

> 有些人把她看作女巫一类的人物。“寺庙”里有几

个人对她坚信不疑。她肯定用她的魔药撮合过不少人。毕竟，那些腼腆的人的确需要这样的好东西来帮助他们。我也想买她的魔药。它不贵，又能帮助我得到罗宾。可是不知怎么，我还是有些犹豫。你们能给我一个好建议吗？

洛丽

维姬想起了这封邮件，她完全不相信“爱情魔药”这回事。“我们应该劝洛丽打消这个念头。”她建议道。

“不过我对这个芭普很感兴趣。”格罗丽亚坦承，“我们今天晚上可以去一趟‘寺庙’，你说呢？”

“行啊。看看也无妨。”

这时，西格弗里德走进餐厅，递给格罗丽亚一只无线电话。“找你们的，是妮莎。”格罗丽亚接电话的时候，他对维姬说：“今天你不带斯帕奇去看杰森了？”

维姬压根儿忘记了这件事。她连忙从挎包里找出格罗丽亚借给她的手机，里面还存着隆德医生的号码。维姬打过去，问起杰森的情况。医生的语气听起来很高兴：“杰森上个星期的确有了很大的进步。”

“他的脚怎么样了？脚趾有没有骨折？”

“只是扭伤，现在已经好多了。”

维姬又问医生，她要不要带斯帕奇过去。

“当然！”

格罗丽亚挂上电话，气恼地说：“妮莎又放我们鸽子了，她说有更重要的事要做。”

“那她应该早点儿告诉我们。”维姬接口道。

“你什么时候来？”手机那边的隆德医生问。

维姬看了一眼西格弗里德：“大概两个小时后？”西格弗里德点点头，医生也表示赞同。

西格弗里德在妮莎的位置上坐下，跟女孩们一起用餐。维姬很高兴地发现，他已经把一周前两人之间发生的尴尬抛到了脑后。

太阳半躲在地毯一样的白色云朵后面。西格弗里德开车朝圣·阿尔班斯驶去。明亮的阳光让这一带的建筑看上去少了几分肃穆感。姗姗来迟的春天让树木的枝叶上冒出了些许嫩芽，宛如一层柔柔的绿色轻纱拂过整个公园。

隆德医生已经等在入口处了。他一看见维姬，马上大步流星地走了过来。这一回，他还顺便跟西格弗里德打了个招呼。

“如果他照这个速度恢复的话，我们很快就可以让他出院回家了。”医生解释道，“杰森的精神状态似乎已经稳定下来。维姬，你今天的探访非常关键，也是一个测试，如果他能够成功地控制住他的情绪，如果与斯帕奇的会面继续让他真情流露，如果他能够平静地面对你，那么，我认为他已经作好克服障碍的准备，可以回到正常生活中了。”

维姬有些难为情地笑了笑：“我的压力好大哦。”

“压力？这可不是我的本意。”隆德医生带着愧疚的笑容说，“真的很抱歉。”

“没关系。”

西格弗里德提出要陪她一起去，却被她拒绝了。医生仿佛也松了一口气：“这样更好，杰森就不必跟另一个陌生人打交道了。其实就连维姬他也不太认识。”

三个人在说话的时候，斯帕奇一直在开心地吐着舌头，轮流望着他们。这时，它请求性地朝维姬叫了几声，并且拖着她往前走。

“它说，我们该走了。”维姬为它翻译。

隆德医生走在前面。他带着维姬走进公园，经过一片春意盎然的苗圃，朝一棵历史悠久且异常粗壮的悬铃木走去。树干周围环绕着木制长椅。医生默默地示意维姬到另一边去。于是维姬拉好绳子走过去，中途回头看了一眼，发现隆德已经走远了。

她有点儿害怕，因为她发现方圆几十米内好像只有她自己。

如果杰森的攻击性再次复发怎么办？

然而斯帕奇根本不给她任何犹豫的机会。它开心地汪汪叫着，一路拖着维姬往前跑。它已经嗅到了主人的味道，想赶快见到他，维姬只好把绳子放到最长，跟在它后面。

杰森坐在一条长椅上，下巴抵着膝盖，仰着头，目光穿过枝丫和新生的树叶望着天空。

他仍然穿着那条磨旧了的破牛仔裤，不过这次配了一件红色的毛衣外套，里面是长袖的白色T恤，它的袖子甚至长过外套。他的头上仍然戴着帽子，不过没有完全遮上。

斯帕奇兴高采烈地跳上长椅，开始狂舔它的主人。杰森疼爱地抱紧他的狗狗，替它理顺毛发，按摩它的耳朵。一人一狗完全沉浸在他们俩的世界，根本不理会手拿绳子站在一旁的维姬。维姬的目光偶尔扫他们一眼，马上又移开。她不想打扰他们，这样的场景让她有点儿不知所措。

杰森一直低头看着下面，根本没注意到她。维姬等了好几分钟，终于忍不住吞吞吐吐地说："嗨，杰森，是我，维姬……"

"你把斯帕奇照顾得很好。"杰森马上接口道，他的嗓音已经不再沙哑。音量不太，但是态度非常友好。不过他并没打算抬起头来，而是把所有的注意力都给了斯帕奇。

"我要不要让你们单独待一会儿？你等一下把斯帕奇带到入口处就行，我在那儿等着。"

“不！请留在这儿！”

维姬犹豫了一下，站在长椅旁没动。这次她非常小心，不想再激起杰森的怒火。

“坐下吧。”杰森用手拍拍长椅表示邀请。维姬听话地坐下，却刻意保持了一段距离。

“你是不是害怕我会咬人？”

维姬没料到他会这样问，觉得很难为情。

“不是。”

“斯帕奇身上也没长跳蚤，不是吗？”

“不，当然没有。”

“那就坐过来一点儿！”

维姬挪近了一些，不过还是给两人中间的斯帕奇留下了足够宽裕的空间。

杰森身上的味道很好闻。那是一种冷冽而清新的气味。先前围绕着他的忧郁已经消失了，取而代之的是某种特有的光彩。

“斯帕奇很乖。”维姬说。

“我不觉得，它总是闯祸。”杰森忍不住笑起来。

“好吧，我承认，它上次在我的朋友格罗丽亚家咬烂了一个非常贵的枕头，还啃坏西格弗里德好几双鞋子，还好都是些旧鞋。”

“我最了解我的斯帕奇。”杰森一边爱抚着狗狗，一边说，“它要能乖乖听话，那我真的怀疑它是不是我的狗了。”

斯帕奇立刻叫了几声，证明它并没有冒名顶替。

“对不起，”杰森朝着维姬的方向说，不过并没有抬起他的脸，“上次我发火了，真对不起，我希望你别往心里去。”

“没关系的。”维姬真心地说。

“谢谢。这对我很重要。谢谢你，维姬。”

听到杰森叫出她名字的一瞬间，维姬突然心里一震，浑身起了一层鸡皮疙瘩。

“我做了很多傻事。不过现在我知道什么才是最重要的了。”

“你……这是什么意思？”维姬觉得嘴唇好干。

“现在我终于知道我到底是谁了。”

“这……你……你想说什么？”她的呼吸变得困难起来。

“我知道我想活着。我知道我必须让父母自己去解决他们的问题。我也知道，这一切不是我的错，更不该把责任推到他们头上。”

维姬的紧张慢慢地缓和下来。她深深地吐了一口气。

“我知道我能做好很多事。就像我现在这样。”

维姬的身体抽搐了一下。

杰森温和的口吻，他的语调和说话的方式……

不可能。

……真的吗?

维姬命令自己不要犯同样的错误。她不打算再一次在别人身上寻找怀特的影子，即使她相信刚才的确从中听出了怀特的声音。

除非她有百分之百的把握。

“杰森，让我看看你的脸。”维姬轻轻地说。

她用手掌按住膝盖，想抑制自己的颤抖。她默默地对自己说，无论如何要找出那个答案，不管将会看到什么样的面容，不管它会带来新的失望还是证明她的怀疑。

而内心却有一个声音在严厉地警告她:“杰森完全是另外一个人。他不是怀特，也不可能成为他。你希望通过这种方式跟怀特重逢，但这是不可能的。”

另一个声音却抗议:“这不是怀特自己说的吗?他不是说过很多次我们会重逢吗?重逢的时刻难道不可能是当下吗?不管多么渺茫，希望总是存在的，不是吗?”

而且，现在的机会不是比之前更大吗?上次梦见月亮时，她不是已经彻底对他放手了吗?

过去的一个星期——维姬这才意识到——她一次都没想起过怀特。

如此深重的不确定感最让人难以忍受。维姬被它折磨得胸口几乎疼痛起来。她一字一句地重复道：“杰森，让我看看你的脸。”

杰森摇摇头。

“我不能。”

他转过身去，几乎背对着她。

“为什么不能？”维姬无法掩饰声音里的颤抖。

“就是不行。”

“为什么不行？”

“因为我害怕。”

“害怕什么？”

杰森沉默了。

“求你告诉我，好吗？”

他再次默默地摇摇头。

于是两人都不再说话。斯帕奇趴在他们中间，前爪悬在长椅边缘的外面。

“谢谢你来看我！”杰森突然起身，走开了。

斯帕奇疑惑地发出呜呜的叫声。杰森头也不回地低声说：“再见，斯帕奇，再见。”

维姬的肩头泄气地沉了下去。“给我打电话，杰森！”她在他身后大喊。然后，她的心也沉了下去。这次的失望比以前任何时候都更严重，就好像心碎了一样。

19
芭普

回城的路上，维姬完全沉浸在自己的思绪中。

必须停止，她不能继续这样下去。她才刚刚感觉到怀特已经摆脱了她的束缚，然而跟杰森见面的场景不断地在她眼前浮现，提醒着她的大错特错。

身旁的西格弗里德时不时地向她投来困惑的目光。在差不多抵达唐纳家别墅的时候，他终于忍不住问："我能帮得上忙吗？是因为格罗丽亚？还是你自己碰到了问题？"

"我要知道就好了！"维姬伤心地摇摇头，"米姆什卡常说，时间自能治愈一切。我只需要有足够的耐心就好了。"

"说起来容易，做起来难呀。"西格弗里德说道。

"没错。"

这天下午之后，连斯帕奇都变了样子。它看起来疲惫而无精打采，刚一跳下车，它就跑到树下撒了一泡尿，然后直接跑进了屋里，径直来到楼上格罗丽亚的房间，跳上床，缩成一团，闭上眼睛，拒绝任何人的打扰。

维姬走进来的时候，格罗丽亚正坐在转椅上转来转去。

"找到她了，我知道她住在哪儿。你必须亲自去那儿看一下。"

“你在说谁？”维姬的思绪还停留在圣·阿尔班斯。

“那个芭普，卖爱情魔药的那个。”

“哦，是她。”

格罗丽亚搓了搓右耳：“我打了至少一百个电话，耳朵都快掉下来了。”

“为什么要打电话？”

“因为我觉得那个爱情魔药听起来很有意思。”

维姬叹口气说：“格罗丽亚，世上根本就没有这种东西。”

“那就更糟了！”格罗丽亚跳起来，坚决地挥了挥手，“那么这个芭普一定使了妖术，我们必须阻止她。”

维姬虽然嘴上没说，但却提不起兴致。

“你必须去她那儿看看。昨天我才在电视上看到，有人装作顾客的样子——虽然他什么也不打算买，偷偷溜进某个店里打探情况。”

即使一点儿兴趣也没有，维姬还是对格罗丽亚的提议表示了赞同，这让她自己都吃了一惊。因为内心的一个声音建议她，不如做点儿别的，分散一下注意力吧。

打印机嘎嘎地响起来，吐出一张纸。上面不但写着芭普的地址，还有她的全名：芭芭拉·格尔维。格罗丽亚做了非常详细的功课，她甚至还打听到了芭普的年龄和她就读的学校。准确地说，是以前就读的学校，她已经被退学了。芭普比维姬和格罗丽亚大两岁。

“给芭普打个电话，就说你想跟她买东西。”格罗丽亚催促维姬。

“你连她的电话号码都有？你真应该当个侦探。”维姬说。

格罗丽亚觉得这个主意不错：“这没准是个适合我的好工作。四处寻找蛛丝马迹这种事，我喜欢！”

维姬来不及考虑别的，格罗丽亚已经用她的手机拨了芭普的号码，然后递给维姬。

才响了一声，那边就立刻有人接起电话，低声说：“我是芭普！”她在努力让自己的声音听起来深沉而神秘。

“噢，你好，我听说你有一种魔药，一种像果汁一样的东西，能够帮助……关于爱情方面的事，是吗？”

“是这样的。”

“能给我一些吗？”

“那我得了解更多的情况。”

“呃……在电话上……我没办法……”

格罗丽亚伸出大拇指，朝她鼓励地点点头。

“今天晚上，在‘寺庙’。我就在吧台旁边，绿色头发，涂黑色唇膏。”

“早点儿不行吗，比如现在？”

电话那边停顿了一下。

“我的东西可是独一无二的，别的地方没有。不过它不便宜，你知道吧？”

维姬故作轻松地回答：“当然，我听说了。”

芭普报了一个价，果然不低。

“你要是愿意买，就带着钱过来。”

“好的，没问题。我去哪儿找你？”维姬绝对不能让她觉察到自己已经知道了对方的地址。

“‘寺庙’后面有个院子，去那找我，大概……”听起来她好像在翻什么东西的样子，“……一个小时后吧。”

维姬表示同意，然后挂了电话。格罗丽亚叫上了西格弗里德，反正他总是时刻准备着替她们开车。

芭普的家就在前往“寺庙”的途中。在好奇心的强烈驱使下，格罗丽亚第一个挤上红色跑车狭窄的后排座椅。

西格弗里德转进一个小巷子，巷子两边栽种着高大古老的树木。芭普住的街区给人一种非常庄重的感觉。

“25号在那儿！”格罗丽亚指着一扇宽敞的花园大门说。门铃按钮的上方的黄铜牌子上刻着公司名称和标志。

“格尔维化学药剂有限公司。批发销售各种药品。”维姬大声念出来。

花园篱笆的后面长着茂密的灌木，后面有一幢房子，但只能看到一个房顶。

“一定是座别墅。”格罗丽亚猜想。

“作化学药剂的生意的确很赚钱。”西格弗里德说。

“药剂，”维姬若有所思地重复道，“我不想污蔑她，不过，这个芭普有没有可能把药片溶解在水里，然后卖给其他人？”

格罗丽亚倒吸一口凉气，气愤地说：“好一个骗子！”

“骗人倒还没有什么，”西格弗里德一边驾车慢慢地经过芭普家，一边说，“这种东西可能会很危险，可能有致命的药性。

“为什么之前没有人想到呢？”格罗丽亚惊讶地说。

维姬猜测：“如果芭普有渠道弄到药性很强的药品，那么不管怎么说，它的药效还是有的。”

“难道爱情魔药真的存在？”

格罗丽亚的口吻就像一个仍然相信圣诞老人存在的小女孩。

“不，当然没有！”维姬恨铁不成钢地说，“绝对不存在那种东西。不过药有很多种。学校里不是有些人用吃药来抵抗压力吗？你也可以试试那种让你精神振奋的药，当你被药性迷得神魂颠倒的时候，即使丑八怪也有可能让你觉得很性感。”

“明白了！”格罗丽亚觉得有点不安。

西格弗里德朝市中心驶去。老城区里有一个住宅区，那里开了很多家酒吧。寺庙就是其中之一。它的大门仿造罗马神庙的风格，夜里被灯光照射得五彩斑斓，不过白天看起来就没那么好看了。巨大的霓虹招牌还没亮起来，门口没有守卫，也没有那些排队等候的人们。

寺庙的后面不难找到。西格弗里德绕到后面，在小巷狭窄的入口处停了一下。

“最好别开进去。”

维姬同意了。于是西格弗里德又开了一段路，把车停到巷子的不远处。他们早到了将近半小时。尽管如此，维姬还是下了车。格罗丽亚也要去，却被维姬拦住了。

维姬一个人沿路走进去，绕过房屋转角时总是谨慎地四下张望着。这里似乎并不太欢迎外人来，人行道上排列着一个又一个垃圾桶，还有一些巨大的集装箱，一个男人正在叮叮咣咣地把一箱空玻璃瓶倒进其中一个集装箱里。

这儿的房屋彼此挨得很近，全部粉刷成深灰或米黄色。

空气新鲜而冷冽。维姬裹紧外套，一步一步朝巷子里走，绕过房屋转角时总是先张望一下。

时间仿佛停滞了一样。维姬用双臂抱紧自己有些发抖的身体。离约定见面的时间还有一刻钟。

一阵微风拂过，带来一股刺鼻的气味。毫无疑问，这酷似腐烂花茎的气味，确切无疑地渗透出了死亡的气息！

这股臭味是从后院飘过来的吗？维姬大胆地朝前走了两步。

她突然看见巷子的另一头有个人影跑掉了。在她认识的人中，又干又瘦、跑起来活像小鸟走路一样摇摇晃晃的人，只有一个。

是罗布。妮莎的罗布。

真的是他吗?

维姬大声叫着他的名字，然而那个男孩反而加快了脚步。

一定是罗布不想被人看见。他转了一个弯，身影消失了。跟上去也没有意义，因为他们俩之间的距离太远了。维姬后悔自己不该打草惊蛇。

他来这儿干什么?

想到这里，维姬索性不管时间是不是还早，她穿过行车道，快步经过垃圾桶，来到她认为“寺庙”后门所在的地方。

她猜得没错。大门的车辆入口旁挂着一个小牌子：寺庙入口——仅限供货商。

她走进一个堆着更多垃圾桶的院子。这里没人愿意光顾，没有任何陈设，又脏又臭。死亡的气息跟垃圾散发出的污浊气味夹杂在一起，让人简直难以呼吸，维姬赶快用手捂住了口鼻。

芭普就靠在入口旁边的院墙上。她的头发果然是草绿色的，嘴唇和眼睛都涂了一圈黑色，她的肩头挂着一个大挎包。又矮又胖的身体裹在一件紧身的连身皮衣里。

从看见她的第一秒起，维姬就不喜欢她。她的身上散发着冷酷和虚伪，这让维姬几乎有点儿害怕。

维姬依然闻得到那股危险的死亡气息，但已经没那么刺鼻了。

芭普盯着她，目光中带着敌意。维姬反应过来，她刚才冒失地闯进后院，会让人误以为她是警察派来的。只见芭普果断地拉上了挎包的拉链。

"嗨！"维姬喘了一口气，对她说。

"你是谁？这里闲人免进。"芭普把眼睛眯成一条缝，嘴唇也抿了起来。

"我给你打过电话，想买药的……那种让他爱上我的药。你有货吗？"

芭普的态度一下子友好了许多。"是你？我差点儿忘了。"

"刚才罗布也来找过你？"维姬问。

"谁？"

"罗布，那个瘦瘦的男孩子。我认识他，他是我朋友的男朋友。"

"你跟踪他？"

“我只是刚好看见他离开。”

“你到底要不要买药？”

“要，当然要……”这一刻维姬突然想起，她身上没带钱。

“这是爱情魔药，你只要把它偷偷地倒进饮料里就行。不过注意，饮料的味道要足够重，也就是说，不要用白开水，否则他尝得出来。”芭普从包里掏出一管透明的小瓶子，里面装着浑浊的粉红色液体。

维姬伸手去接。

“先交钱！”芭普把小瓶子按在胸口，一边急促地命令道。

“那当然。”维姬一边假装在外套口袋里掏钱，一边焦急地考虑着怎样从芭普手里夺过那个小瓶子。

可是，她要这药有什么用呢？

我的老天！她突然茅塞顿开。是罗布，罗布遇到危险了，致命的危险。

维姬脑海中的线索一点点凑成了一张完整的拼图：罗布去找妮莎，而且最近大部分时间都跟她在一起；罗布和妮莎正准备登上“第六阶梯”；罗布刚才从芭普的手里买了什么东西——那是用药片溶解制成的爱情魔药！

也许罗布的身体根本无法承受这样的药性。

“你刚才把什么卖给罗布了？”维姬质问芭普。

“滚出去！”芭普恶狠狠地对她说。

“你把什么卖给罗布了？是同一种药吗？”

芭普挥舞着她的挎包，就像挥舞着木棒一样，朝维姬走来。“你快点滚出去！”

“到底是什么？药性危险吗？”

“快滚！”芭普尖叫着，吐了一口口水。她的挎包呼啸着飞来，维姬完全来不及反应，就被砸中了太阳穴。她感到一阵短暂的剧痛袭来，眼前只看见芭普因为惊恐而睁大的眼睛，接着，她昏了过去。

20
深夜来访

“维姬？”一个遥远的声音在叫她，“维姬？”听起来很焦虑。眼前慢慢浮现出大概的轮廓：映入眼帘的是格罗丽亚的金色卷发。

“维姬！说话呀，拜托！”

维姬说不出来，只能发出轻轻的呻吟。

西格弗里德来到妹妹身边，他跪在地上，帮助维姬坐起来。

“怎么了？发生什么事了？”他问。

维姬要是知道就好了。她什么也记不起来。

“是那个芭普干的吗？她给你下药了？还是袭击你了？”格罗丽亚的问题连珠炮一样朝维姬轰过来。

“你现在在‘寺庙’的后院，那家叫‘寺庙’的迪厅，你知道的！”格罗丽亚试着唤醒她中断的记忆。

“我知道，我知道。”

“你来找芭普，那个售卖爱情魔药的家伙。”

“我知道，我知道。”维姬好像只会说这一句。

“你能站起来吗？”

西格弗里德慢慢地把她往上拉，维姬借着他的力站了起来。她摸了摸突突跳动的太阳穴，还是有点儿疼。脑袋像塞了一团棉花似的，感觉好奇怪。

维姬小心地试着走了几步，她能走，身体也没有摇摇晃晃。她做了一次深呼吸，然后望着西格弗里德和格罗丽亚，微笑着说：“行了。”

“发生什么事了？”西格弗里德问。

“我不知道，真的不知道。”维姬回答，事实的确如此。

“你去了好长时间，后来我们来这儿找你，结果发现你倒在地上，像睡着了一样。”格罗丽亚描述道。

“我不是睡着，一定有其他……”维姬努力寻找合适的词汇，“其他原因，没错。”

“来吧，我们送你回家！”西格弗里德揽着她的肩膀，维姬很享受靠在他身边的感觉。

“我把你送到普露那儿。”他说。

“求求你，什么也别告诉她！她已经够忙的了。”维姬请求道。

她几乎不记得车是怎么开回去的，只昏昏沉沉地听见一段旋律在耳边反复播放着。

“手机……手机响了！”坐在后面的格罗丽亚提醒道。

维姬摸索着自己的外套口袋。找到手机的时候，它已经不响了。

“谁打来的？”格罗丽亚好奇地问。

维姬把手机递给她，她按了一下按键，然后说：“是一个你今天拨打过的号码。”她让维姬看显示屏。

“隆德医生。”维姬喃喃地说。

“他给你打了四个电话。”维姬还没来得及开口说话，格罗丽亚就已经按下了回拨键。“你还是回个电话比较好。”她把手机塞回维姬手中。

“谢谢你回我电话！”医生省去了问候和客套的话，“是关于杰森，他有没有给你打过电话？”

“没有，怎么了？”

“他走了，我找不到他。你是我最后的希望了。”

“不，他没跟我联系过。”

医生叹了口气：“明明一切看起来都很顺利。我很自责。”

“现在呢？您打算怎么做？”

“我已经跟他母亲联系过，杰森没去找她。”

“要不要报警？”

“我必须报警。但愿警方能找到他。”

维姬的头痛突然消失了。即使关于“寺院”后院的记忆还是一片空白，但起码她的精神恢复了不少。

“如果他跟我联系了，我马上告诉您。”维姬承诺道。

“拜托你，一定要告诉我！这一段时间请你别关手机。也许……我有一种预感……杰森好像有些话只肯告诉你。也许他此刻正在去找你的路上。”

“他知道我住哪儿吗？”

“不，他只知道你住在城里。我觉得他会打电话给你。”

“好吧，到时我再联系您。”

“谢谢你，维姬。你比你的实际年龄要成熟懂事。”

“真的吗？”

“是的，你的确是这样。”

维姬结束跟医生的通话后，把刚才发生的一切告诉了西格弗里德和格罗丽亚。

“他不会又想自杀吧？”格罗丽亚提高了音调，她有点儿害怕。

“千万不要，杰森，千万不要这样做。”维姬默念道。

杰森，你怎么了？她在心里问。下午隐藏在心里的猜测此刻又出现了，像一道伤口，火辣辣地疼。

她把头靠在座椅上方，使劲忍住泪水。

这一切究竟什么时候才能改变，才能停止？

回到家，迎接她的是心情愉悦的普露和温柔地哼着歌的贝尔梯。萨莉去她的朋友那里过夜，所以普露此刻正和贝尔梯惬意地待在客厅里。

“要不要过来跟我们一起坐一会儿？”她主动邀请维姬。

“我还是到楼上去吧。”

贝尔梯立刻变得不安起来。“是我的缘故吗？是我打扰你了吗？要不你们俩单独待一会？”

“不，不用担心。”维姬强颜欢笑地向他保证。

她艰难地走上楼梯，两条腿像灌了铅一样。她觉得好累好累，真想就这么睡过去，永远不要醒来。

回到屋里，她赶快脱掉衣服，套上一件长T恤，硬撑着刷牙洗脸，还没爬进被窝，就睡着了。

维姬是被手机铃声吵醒的。她迷迷糊糊地睁开眼时，铃声刚好停止了，屋里恢复了一片寂静。几秒钟之后，手机又响了。维姬一下子清醒过来，她一把拿起手机，按下了接听键。

“你好？”她轻轻地说。床头柜上的老式闹钟刚刚指向十点半。她没睡多久。

“是我。”

维姬立刻听出他的声音。“杰森？”

“是的。”

“你在哪儿？”

“你在哪儿？”

“在家，在睡觉。”

“你家住哪儿？”

维姬把她家所在的地区告诉杰森。

“我二十分钟后到你那儿。”

“好的，可是……你能不能告诉我……你为什么……”

“我想见你。”

“所以你才从圣·阿尔班斯跑出来？”

“我突然很害怕，很担心你，还有其他的事。”

“我？其他的事？什么意思？”

“你家具体地址是？”

维姬把街道和门牌号告诉他后，他挂了电话。维姬立刻跳下床。

太阳穴又开始一跳一跳地疼，不过已经没那么剧烈了。

她看看自己身上过分肥大的T恤。这个样子可不能见人。于是她连忙打开灯换衣服。不知何时，维姬突然意识到，自己正拿着各式各样的吊带衫和毛衣比来比去，心里猜测着杰森可能会喜欢哪一件。

她在干什么？她怎么会这样做？

最终，她选了一条深色牛仔裤和一件橙色毛衣，里面是一件可以叠穿的白色紧身长袖毛衣。她理一理披散的头发，又到浴室用冷水抹了一把脸，然后拿着手机跑下楼。

客厅里传来摇滚乐的声音。普露和贝尔梯在跳舞，两人笑得像个大孩子。维姬真为妈妈高兴。她带着笑意来到门口，把旁边的窗帘稍稍拨开一点，这样，透过狭窄的窗户就可以看清外面的街道。

没过半小时，杰森就到了。没等他按铃，维姬就开了门放他进来。普露没有发现。

杰森依然穿着连帽衫，帽子深深地遮住面孔，两只手插在口袋里。他迅速钻进屋子，浑身冻得发抖。

维姬的心怦怦跳得厉害。

“跟我上楼！”她省去问候，低声对他说。

两人蹑手蹑脚地经过客厅，来到楼上维姬的卧室。维姬把门锁上。

杰森背对着她站着窗前。他的手还在口袋里，胳膊紧紧地贴着身体。

维姬站在门旁。

屋里唯一的光亮来自床边的落地灯。它的照明范围很小，不过黄色的灯光非常柔和。

“你好，杰森！”维姬终于开口打破这长长的沉默。

“你好，维姬！”他回答道，并清了清沙哑的嗓子。

“隆德医生要我有了你的消息后通知他一声，可以吗？”

他耸耸肩。

“拜托，请说‘可以’或‘不可以’。或者你自己打给他。”

“告诉他，我很好。不管发生什么事，我都会好好的。”

不管发生什么事？是跟她有关的事吗？她拿起手机，给医生发了一条短信。一分钟后，医生如释重负地也回复了一条短信，并请她留住杰森，他明早再跟他好好谈谈。

维姬的心还在怦怦直跳，比之前更剧烈了。她不知道自己该说什么，或者该做什么。

“今天下午出什么事了？”杰森问。

维姬一愣：“你怎么知道？”

“有事发生？”

“是的。不过我自己也不太清楚到底怎么了。”她把芭普的事情告诉他。

“维姬，你到底是谁？”

“我还能是谁？”维姬开始结巴，“维姬 · 卡萨迪呀。”

“不止。”

“你在说什么？”屋里很冷，她却出汗了。

“有一样东西，维姬，有一样东西藏在我的心里。我不知道该怎么做，它……它跟你有关。”

这次轮到维姬开始发抖了。

“你……这是什么意思？”

“你知道答案的。我的心里有一个声音告诉我：你知道答案。”

维姬的膝盖发软，她不得不抓紧门把手，支撑着自己的身体。

“杰森……让我看看你的脸。”她轻声请求他。

他摇摇头。

“为什么不行？”

“因为……因为看了以后你也许就不喜欢我了。”

“你的脸怎么了？”

他又摇摇头。

“那为什么不能让我看看？”

“因为……因为我……没办法面对自己。我恨镜子，我也不想让别人看见我。”

“求求你，杰森，这很重要。”

“不行。”

“你不喜欢你自己吗？”

“不喜欢。也许喜欢，也许不喜欢。”

维姬慢慢地朝杰森走过去。他一直盯着窗外，因此压根没有察觉。

“杰森，求你了……”她温柔地重复着请求。

“你将看不到你期待的东西，然后你就不再喜欢我。可是我……我喜欢你，维姬。”

“你根本不了解我。”

“不，我了解你已经很久了。我能感觉得到。但是你不喜欢我。”

“为什么要让自己这样想？”

“因为我害怕。”

这时，维姬已经来到他的身边，两人肩并着肩。

“请你看着我。”

杰森转过来，默默地凝视着她。

维姬接下来的举动完全发自内心直接的呼唤。

连帽衫巨大的帽子几乎垂到杰森的鼻尖，只露出他的嘴巴。维姬望着他苍白饱满的嘴唇，发现它们在微微颤抖着。

他比她高一点儿，因此她不得不踮起脚尖。

越来越近了，他脸上的温暖扑面而来，她感觉到他的呼吸变得急促，两人之间的距离只剩几厘米了。

尽管身体离得很近，但是他们仍然相距遥远。维姬的心里燃烧着一种渴望，渴望着他，渴望着他的唇，渴望着真相，以及渴望确定他真实的存在。她的心跳得像鼓点一样坚稳有力。此时此刻，她没有别的愿望，只想在接下来的几秒钟好好地体会一下她盼望了好久的那件事。

她身体前倾，闭上眼睛，吻住杰森。

21
地上的天堂

他的唇比她想象的要柔软得多。第一次的碰触是短暂的，两人都向后躲闪了一下，随即又吻在一起。第二个吻滚烫而热情。维姬用胳膊搂着杰森的脖子，感觉到他浑身都在颤抖。他慢慢地把手从口袋里抽出来，温柔地拥住维姬。他的嘴唇划过她的脸颊，吻了吻她的睫毛。

她用额头抵着他的下巴。

“我爱你，维姬。”杰森轻轻地说。

维姬深吸一口气，享受着他的味道。她感受着他的手臂，和比想象中更加宽阔的胸膛。他的身体散发着一种熟悉感，这是维姬以前曾经感受过的熟悉感，不过只有一次。

维姬控制不住自己，忍不住哭了。

“看着我。”她听见杰森说。他的声音突然好像怀特。维姬不禁后退半步，抬头去看杰森。杰森用一只手扶住她，另一只手扯下了他的帽子。

他的脸色苍白，深金色的头发显然已经很久没有剪过，都垂到额头了。他连忙把头发拨到耳后。

维姬看见一张椭圆形的脸，坚毅的下巴，眉毛虽然粗长浓密，却仍然带着几分温柔和爱意。

让维姬再次放声大哭的，是他的眼眸。

那是怀特的眼眸。哪怕在几千人之中，她也能一眼认出来。黝黑深沉，带着暖暖的爱意，忧伤中又带着坚定的力量。

“是你么？”她带着哭腔问。

“我就是那个从过去到现在一直爱着你的人！”杰森把她拉入怀中，再次吻住了她。

所有的悲伤，所有的矛盾以及那些没有实现的渴望和记忆统统化为了维姬心底的宁静。

这个吻仿佛没有终点。没人还记得时间。时间有什么用呢？唯一重要的是他和她，是思念已久之后找到彼此的感觉。怀特已经不再是他们相识时的那个死亡天使了，不过维姬也不再是那时的稚嫩小女孩了。她变得更加强大，拥有着勇敢而坚定的内心。

他们紧紧地相拥着站在窗前。维姬把头靠在杰森的肩头，他温柔地抚摸着她的后背。

“我出事的时候你真的有感觉？”她问他。

“维姬！有一个人等着你去救命！”

听到这句话，维姬一下子挣脱了他的怀抱。

“你……从哪里……你怎么知道……？”

“人命关天，我只知道这个。不过具体是什么人，这只有你才知道。”杰森并没有回答她的问题。

蕴含在他声音中的力量让维姬找回了自己的记忆。

“罗布！是罗布！还有妮莎！”

“要我陪你去吗？”

“陪……陪我去？”维姬的眼睛瞪得比铜铃还大。

杰森抓起她的手，紧紧握住。

“你应该能够在心里想起自己的好朋友的样子。”他说。

“好朋友？你怎么知道？”

他笑而不语。

他真的是怀特，那个曾经夺人性命的死亡天使，曾经多次出现在维姬生命里，并成为她最亲密的陪伴者的怀特，曾经跟她分享她的秘密生活，并且无话不谈的怀特。

可是，他已经不仅仅是怀特了，现在，他的另一个身份是杰森。这一切太混乱，同时也来得太突然，让维姬有些晕头转向。

“想着妮莎。”他提醒她。

维姬闭上眼睛，想象着妮莎的样子。

几秒钟后，她低头看去，穿着条纹袜子的脚已经飘离地面半米高了。

杰森在她身边，一直牵着她的手，朝她微笑着。他的笑容带来一种前所未有的幸福感。

他们共同往天上升去。

云朵呼啸着从他们的身边掠过，他们很快来到了妮莎居住的那个城区，两人手挽着手飘浮着穿过墙壁，进入妮莎的家里。

他们的面前是空荡荡的客厅，一片漆黑。维姬挣脱杰森的手臂，飘进厨房，顺着楼梯往上走。连妮莎父母的卧室她都查看了一下，空的。

他们似乎都出去了。

杰森跟着她上了楼，指了指妮莎卧室门下边透出来的灯光。

维姬被一团浓烈的死亡气息击中，差点儿跌倒在地。杰森也跟她一样，被呛得咳嗽起来。

“你也能闻得到吗？”维姬惊讶地问。

杰森用力点点头，用手捂住嘴巴和鼻子。

“你会读心吗？”维姬屏住呼吸地问。

“在这种状态下，可以。”

死亡的气味愈发浓重了。维姬不再犹豫，迅速进入妮莎的房间。

她的好朋友正全身赤裸，背对着她站着。

有生命危险的人，看起来不像是妮莎。

“甜心，你在哪儿？”妮莎引诱地叫着。

是罗布，罗布的生命危在旦夕。不管芭普给他的究竟是什么药，它很有可能让他丧命。维姬赶忙飘进浴室。

瘦瘦的罗布坐在合上盖子的马桶上，浑身抖个不停。他的身上只穿了一件白色的T恤和一条平脚短裤，两只手不停地抹脸。

他已经喝下药了？

维姬检查了一下四周，浴缸边，两个支架上，还有洗手盆的周围摆放着许多瓶瓶罐罐。

罗布咬着他的手指甲，脸色苍白，额头上布满汗水。

他在害怕吗？害怕妮莎？

“杰森！”维姬用罗布和妮莎听不见的声音呼唤道。杰森从浴室门外飘了进来。

“他是不是已经喝过药了？”

“我不知道。我们应该怎么做？”

“你必须让你的朋友知道罗布很危险。”

“在这种情况下如果我这么做，妮莎永远不会原谅我。”

“如果罗布死了，她更加不会原谅你。而且你可能永远恢复不了人形，别忘了这一点。”

罗布摇摇晃晃地站起来，瞪着镜子。

“我……我是个失败者。”维姬听见他自言自语。

地上散落着他的牛仔裤和运动鞋。

外面又传来妮莎的呼唤：“罗比①，你在哪儿呀？我不会对你怎么样的！我们只是抱抱而已，快来呀！”

罗布弯腰拣起他的牛仔裤，从裤子口袋里掏出一管小药瓶，双手颤抖着想要将它打开。

维姬凝神盯着马桶上方架子上的东西，其中有几个玻璃瓶子。她命令它们移动起来。

“帮帮我！”她向杰森求助。

杰森立刻来到她的身边，两人一起用意念的力量试图让玻璃瓶掉下来。可惜它们纹丝不动。

此时，罗布已经拧开了瓶盖，慢慢地举起小药瓶，

“不！”维姬冲着他的脑袋大吼。这是只有他用心去听，

---

① 罗比是罗布的昵称。——译者注

才能在内心深处听见的声音。“不，它会害死你！不要喝！”

“我必须喝……我不想让妮莎失望。”罗布断断续续地说。

他听见她的话了。

杰森还在对着那些瓶子发力。它们必须掉下来，并且发出足够大的动静，这样才能惊动妮莎。

“别喝，喝下去你就死定了！”维姬继续冲罗布大喊。

“我必须喝！”他几乎哀嚎着回答。

瓶口已经贴近了他的嘴唇。

“罗布，不要！”

突然，一个玻璃罐从架子上跌到瓷砖地上，发出清脆的响声。紧随其后的是几个香水瓶子和一个高高的、装着棉球的玻璃容器，当啷啷的声音让人很难忽视。

然而妮莎并没有过来。

罗布不得不用左手按住拿着小药瓶的右手，防止药水洒出来，因为他抖得实在太厉害了。

杰森又瞄准了洗手池上方的瓶罐。

罗布仰起头，把药瓶送到嘴边。

正在这时，浴室的门被撞开了，妮莎身上缠着一条浴巾，像个希腊女神一样出现在门口。

“你在这里干什么？”她生气地说。

罗布被吓得一个趔趄，摔倒在地，小药瓶也掉在他旁边的地面上，摔碎了。妮莎跪下来，用手掌轻轻地打了一下他的脸。

“你怎么了？为什么要这样？”

“我害怕。”

“害怕什么？”

“怕你！”

“为什么？”

“怕你发现我不是个猛男。”

妮莎把他拥进怀里。“傻瓜，你怎么能蠢到这个地步？”

“我想吃点药，已经买来了，应该有用。可是我太胆小了。”

破碎的小药瓶在浅色的浴室垫上留下一团粉红色的污迹。

维姬看看杰森，他也会意地朝她点点头。

令人作呕的死亡气息瞬间消失了。

“罗比，你不需要害怕我。只有当你做蠢事的时候我才会发火。你一直都是我的甜心呀。”

妮莎亲了亲罗布的额头，就像亲吻一个小男孩。他感激地对她笑了笑。

维姬简直不敢相信她的朋友还有如此柔情的一面。幸好她不知道维姬也在现场。

可是，她很快就会看见他们，因为一旦她的使命完成，罗布的生命被挽救回来，也就意味着维姬将要恢复肉眼能看见的人形了。

这时，她感觉到杰森的手拉住了她的胳膊。他把她拉向自己，温柔地吻了吻她的脸颊，然后才放开。两人一起朝上方的屋顶飘去。

“可是……可是我就要变回人类了。”维姬提醒他。

“我们俩都会变回人类。”杰森微笑着回答。

“为什么不是现在？”

“因为你已经不是一般的半天使了。”

“那是？”

“你是我的天使。”这就是他想告诉她的一切。说完，他伸出手臂揽着她，开始在空中跳起舞来。维姬搂住他的脖子，深深地望进他的眼眸里，深沉、美好、让她倾慕不已的眼眸。

“我不明白这一切是怎么回事。”她坦承。

“我也是。”杰森回答，“我也不明白，维姬。突然有了那么多新的变化……”

“因为怀特在你……”

“嘘！”他把一根手指放在唇上说，“有些事情应该放下了，拥抱新的变化吧，拥抱我。”

“可是，你根本就是……？”

“杰森！”

维姬只好翻了个白眼。

他们在城市的上空忘情地跳着舞，深深地彼此沉浸着。除了他们自己，一切都不复存在。不再有时间，上下左右全是一片虚无，只剩下他们两个，任由舞蹈的热情和越来越浓烈的感情将他们驱使。

在她和杰森都没留意的情况下，两个人徐徐地降落到地面上。

即使在漆黑一片的夜里，维姬也非常熟悉这里的环境。

风吹过树木，发出沙沙的声音。

突然，一束温暖的黄色光线亮了起来，照亮了一座大理石雕像。

亚兹拉尔。

原来他们来到了亚兹拉尔所在的废弃的墓园里，这里是一切开始的地方。

维姬望了望亚兹拉尔，又看了看杰森。此刻，她能够感觉到杰森的躯体和……

……她这时才意识到：还有他的温暖。

怀特的身体与此相反，总是冰凉的。同样作为天使，杰森跟他不一样。

亚兹拉尔石头做的眼睛变成了蓝色，注视着他们俩。

“亚兹拉尔！你说得对！”

杰森从她的身后拥住她：“我说的才对！我不是对你承诺过我们会再次相见吗？”

亚兹拉尔大理石做成的嘴巴一咧，温和地笑了。他冲维姬和杰森点了点头。

“爱情很少走捷径。它总是带着我们绕弯。只有睁大眼睛，怀着一颗坦诚的心，勇敢地去走弯路，才能学会爱。”

维姬再次表示赞同。“不过，我们已经到达目的地了。”

亚兹拉尔的笑意更浓：“还没有，维姬，你们的路才刚刚开始。”

“真的吗？”

亚兹拉尔点点头，补充道：“不过你们将会走下去，克服所有的障碍和弯路。”

“我们将会继续保留半个天使的身份吗？”

“生之天使和爱之天使！”

“那么，我们会变成普通人吗？”

“充满生机和爱心的普通人。”

“那你呢，亚兹拉尔？”

“我会留在这里。只要你别再把我从底座上推下去。”

维姬微笑起来，回想着一切的开端——一个吻。维姬亲吻亚兹拉尔的时候，不小心把他从底座上推了下去，断成了几截。想到这里，维姬跑到他面前，爬上底座，又一次亲吻了他冰冷的石头嘴唇。

亚兹拉尔小心地回应了她的吻。当维姬再次跳进草丛中时，他对着杰森说："我才是她最初、最重要的爱，永远别忘了这一点。"

"那又怎么样。"杰森大笑起来。

维姬走到杰森身边，紧紧地抱住他。他们再次亲吻着飘浮起来，飞往只有他们两人的新生活——地上的天堂生活。

22
两个月后

"别笑了！"维姬气恼地说。

这只会更加刺激亚兹拉尔。

"我觉得这并不好笑！"

亚兹拉尔克制住笑意，强迫自己黑色大理石做成的面孔——只有在维姬出现的时候它才变得柔和，充满人性——吃力地装出一副严肃的表情。

"斯帕奇总是缠着我！每次都是我去遛狗，因为杰森一天到晚跟马可待在一起玩H8。"

斯帕奇也在现场，它正抬起一条腿，“灌溉”着亚兹拉尔的底座。

“你能不能告诉它，让它别这样！”亚兹拉尔请求她。

“下次吧。”维姬愧疚地笑笑，“不过你得承认我说得对，杰森太不像话了。米姆什卡被他迷得七荤八素，连马可都跟他很亲近。”

“那你呢？你跟他怎么样？”亚兹拉尔好奇地问。

维姬坐在草丛里，玩弄着自己光洁的脚趾头，“一切都变得跟我想象中不一样了。不过，不管怎么说，还是挺好的。我觉得马可和我——我们是好朋友，跟以前比起来甚至更亲密。虽然有时候我会觉得他带着杰森玩H8是为了报复我。”

亚兹拉尔又忍不住在心里轻轻地笑了起来。

“你不觉得他们很过分吗？”维姬反问。

“不觉得。人类就是这样。”

斯帕奇仰躺在草丛里，四只爪子手舞足蹈地在空中扑腾着。

“亚兹拉尔，有一件事我到现在还不明白。”维姬说。

“什么事？”

“怀特为什么能变成杰森？他怎么能成为杰森的一部分呢？”

“你还记得‘生命的能量’吗？我曾经跟你说过的。”

“嗯，你说天使也有的。”

“没错。怀特身上让你倾心的那一部分，就存在于生命的能量里。它是一种力量，浩瀚宇宙中没有一种东西能够让它消亡。”

“可是，它怎么会进入杰森的身体呢？为什么它并没有影响到‘原来的杰森’呢？就是那个企图自杀之前的杰森。”

“杰森的绝望曾经差一点将他带到另一个世界去，比原定的要早得多，因为他的名字在……”亚兹拉尔没说下去，“关于生死簿的内容我不能告诉你。”

“我才不想知道呢。继续说杰森吧。”维姬催促道。

“杰森在到达另一个世界的途中跟怀特的生命能量合二为一了。这样的事情只能在那种情景下才可能发生，而怀特这么做是为了拯救杰森。他牺牲了他自己，为杰森换来一个回到这个世界的机会，并且成为现在的他。当然，他这么做，更是为了他和你的重逢。”

“说得很简单，但是做起来肯定不容易吧。”维姬说。

亚兹拉尔微微一笑。

维姬耸耸肩：“不管怎么说，杰森已经康复了。我想，再过一段日子，他可能会搬来我们家。我们家已经多了一个贝尔梯，到时候一定会很挤。”

“格罗丽亚怎么样？”亚兹拉尔询问道。

“你是说，我们应该全搬到她家去？对啊，反正她有的是地方！”

“我是说，她还好吗？”

“好得不能再好。麦克一天比一天更聪明，她也一天比一天更爱他。”

“妮莎呢？”

“我想，他们已经坐上火箭了。”

“火箭？”

“攀登最后一级阶梯呀，你知道的……”

“我不知道，我只是个天使，又不是无所不知的神。”

这时，斯帕奇恰巧跳了起来，闹着要走。维姬暗暗松了口气。

“你打算怎么对付杰森？”亚兹拉尔笑着问她。

“把我的想法告诉他。哪怕他再像怀特，我也不愿意给他的狗当保姆了。”说着，维姬不由地笑了，“谁能想到这一切会变成现在这个样子？三个月前我还在你这里号啕大哭呢。”

“享受你的快乐吧。回去给杰森一个拥抱，同时把狗链塞回他的手里。”亚兹拉尔建议她。

“这还用得着你说？”维姬叹了口气，给了他一个飞吻，“再见。”

“再见。”亚兹拉尔说。确定她走远再也听不见的时候，他用苦涩的口吻又补充道：“我的天使。”

他目送着维姬穿过狭窄的通道，朝豪普特大街走去。斯帕奇嬉闹着跟在她的身边。

在街道的另一侧，有一家新开张的小咖啡馆，格罗丽亚和妮莎正在桌边等候着。维姬径直走到她们面前。

“疯狂天使再次聚首。”格罗丽亚幸福地宣布。

“姑娘们，应该这么说，疯狂天使永远在一起！”妮莎纠正说。

“祝福我们疯狂的一切。”维姬笑着说。

斯帕奇也连叫三声，表示支持。